동아
COMMUNICATION
GROUP

동아

COMMUNICATION
GROUP

골프의 신이 강림했다

골프의 신이 강림했다 7권

초판 1쇄 인쇄일 | 2022년 7월 22일
초판 1쇄 발행일 | 2022년 7월 28일

지은이 | 일필
펴낸이 | 박성면
펴낸곳 | (주)동아

출판등록 | 제406-2007-000071호
주소 | 경기도 파주시 문발동 223-1 2층
전화 | (031)8071-5201
팩스 | (031)8071-5204
E-mail | lion6370@hanmail.net

정가 | 8,000원

ISBN 979-11-6302-595-5 (04810)
ISBN 979-11-6302-563-4 (Set)

골프의 신이 강림했다

일필 스포츠판타지 장편 소설 DONG-A SPORT FANTASY STORY

동아
COMMUNICATION GROUP

목차

골프의 삶이 강렬했다

1화. 신화의 시대는 끝났다

골프의 신이 강림했다

리처드의 입에서 태주가 언급되는 순간, 브라운의 표정이 급변했다. 이건 틀림이 없는 감이었다.

골프를 즐기지 않는 그 노인이 클럽하우스에 발을 들여놓은 것부터 이상했는데, 통상적인 인사말이 끝나기 무섭게 태주의 부상을 언급한 점은 가벼이 넘길 수 없었다.

일전에 만났을 때 태주에 대한 관심과 호감을 보인 자신을 일부러 찾아와 넌지시 묻는 순간, 해괴한 짓을 벌였다는 확신이 들었다.

"내가 뭘 어쨌다고 그런 얼굴로 날 쳐다보지?"

"당신이 배후입니까?"

"어허! 대체 무슨 말을 하는지 모르겠군!"

"당장 그만두십시오. 필시 큰 대가를 치를 겁니다."

"이보게. 게리. 난 자네와 자네 가문이 이룬 성취를 존중해. 그런 내게 되지도 않을 누명을 씌운다면 나도 그 존중심이 사라지지 않을까?"

"허허허! 아무리 가려도 세상에 비밀은 없습니다. 비록 내가 선대의 유전을 온전히 잇지는 못했으나 당신도 알다시피 내 안에 세인트의 피가 흐르고 있습니다."

그들만 아는 뭔가가 언급되고 있었다.

세인트(Saint)는 종교적인 단어로 성인(聖人)을 의미한다. 하지만 이들이 말하는 것은 그것과 의미가 다른 듯 보였다.

리처드가 스스로 죽음에서 돌아온 레버넌트라고 고백한 것, 또한 브라운이 세인트의 핏줄이라는 것도 이들만이 알 수 있는 은밀한 화제들이다.

지금껏 서로 격돌할 일이 없어 알면서도 스쳐 지나갔는데, 엉뚱한 대상을 사이에 두고 예상치 못한 시기에 충돌이 벌어졌다.

"이거 곤란하게 됐군!"

"제 충고를 잊지 마십시오. 언제나 어둠의 세력은 찬란한 빛에 소멸되었습니다. 대체 무슨 준비를 어떻게 했는지 모르겠으나 적당히 하십시오."

"무섭군, 무서워. 그 충고 뼛속 깊이 새기지!"

브라운도 자리에서 일어났다.

리처드가 가길 기다릴 필요도 없다는 의미였다.

그로서는 분노할 행동이지만 역으로 생각해 볼 수도 있다.

객(客)이 찾아와 주인들을 다 몰아낸 셈이니, 리처드는 자신이 이겼다고 볼지도 모른다. 마틴이 자신이 두려워 피했다고 해석했던 것처럼.

"누구죠? 할아버지."

"잘 봐 둬. 혹시 내게 갑작스러운 횡액이 덮친다면 가장 먼저 용의 선상에 올려야 할 자가 바로 그 노인이야."

"네에?"

"클라인, 너도 잘 봐 둬야 할 것이다."

"네. 할아버지. 혹시 위기상황이 닥친다면 저희는 누구와 상의하면 됩니까?"

"마운틴. 그리고 TJ KIM."

"마운틴 아저씨는 이해되는데, TJ는 무슨 상관이 있습니까?"

"그는…. 아니다. 여기까지만 하자."

자신의 횡액까지 언급한 브라운이 태주에 대한 언급은 자제했다. 갑작스러운 화제였으나 사랑하는 손자 손녀 클라인과 올리비아는 깊은 눈빛만 드러낼 뿐, 더 이상 묻지 않았다.

같은 테이블에 앉아 함께 들었던 언급, 계리 가문에 세인트의 피가 흐른다는 말을 납득하고 있다는 것을 의미했다.

그들의 대화도 심각했지만, 그들보다 먼저 자리를 뜬 부녀는 더 심각한 의견을 주고받고 있었다.

"그 잡놈이 끼어든 것도 모르고 넌 대체 뭘 하고 있었던 게냐!"

"죄송합니다. 당장 라인을 풀 가동할게요."

"어서 로빈부터 부르거라!"

"로빈이요? 작은 오빠는 지금 몰디브에 있어요."

"이런! 오전 중으로 여기에 올 수 있는 녀석이 누가 있지?"

"로키 오빠 팀이요. 어제 라스베이거스에 머문다는 말을 들었어요."

"그 녀석더러 제 팀을 데리고 당장 날아오라고 해."

"네. 근데 정말 척이 손을 쓴 걸까요?"

"그렇지 않았다면 오늘 그놈이 여기 오진 않았겠지. 아무리 봐도 이상했는데, 염동력이었던 거야!"

헬렌은 이의를 달지 않고 곧바로 조치를 취하기 시작했다.

이 사건의 주인공인 태주는 꿈에도 모를 내용이지만, 꿈을 향해 달리고 있는 선수들과는 별개의 세상이 펼쳐지고 있다.

이미 공개된 시장의 크기도 어마어마하지만, 그보다 훨씬 거대한 자금이 물밑에서 오가고 있다.

늘 그렇지는 않지만 확실한 경향이 생기면 그때 움직이는 큰손들이 존재했다. 사건으로 공개되는 조작은 일부에 불과할 뿐, 실제 한판의 승부에 걸린 자금은 상상을 초월했다.

그 때문에 태주의 어메이징 10을 막으려는 조직적인 수작이 작동하고 있었던 것이다. 마틴은 물론 브라운 회장도 그것만은 막아야겠다고 판단했다.

* * *

"연습 안 해도 되나?"

"이미지 트레이닝을 하잖아. 그냥 앉아서 노는 것처럼 보여도 난 평소와 똑같이 스윙을 하고 있어."

"가능하다는 거는 알지만 그래도 몸은 풀어야 하잖아."

"그래야지."

몸을 풀겠다고 말하면서도 엉덩이를 떼지 않는 태주를 보며 유라는 답답해 미칠 지경이었다.

경기 전 웜업 루틴은 매우 중요하다.

특히 태주는 날씨가 어떻든 매일 정해진 일정에 따라 움직이는 습관이 있는데, 오늘은 러닝도 거르고 연습장에 나와 남들 스윙이나 구경하고 앉았으니 그럴 수밖에 없었다.

물론 이게 다 깊은 고심 끝에 내린 결론이겠지만 아무리 그래도 이해하기 어려웠다. 그런 그녀에게 되레 부탁을 했다.

"아버지나 최 사장님이 걱정하지 않게 말씀드려."

"어떻게?"

"최선의 루틴을 밟고 있다고."

"이렇게 쉬는 게 최선이야?"

"응. 이리 와 봐."

태주는 일부러 유라를 불러 귓가에 대고 말해 줬다.

상처가 빠르게 아물고 있다고.

영문은 모르겠으나.

하지만 귀가 민감한 유라는 자지러지게 웃더니 이내 고개를 끄덕이고는 어디론가 사라졌다.

아침을 먹은 뒤 태주가 가족들에게 단단히 못을 박았다. 자신 걱정은 하지 말고 주변 관광이나 쇼핑을 다니시라고.

그게 가능하지 않다는 것은 알지만, 그래야 자신이 속 편하게 경기를 준비할 수 있다고 말하니 어쩔 도리가 없었다.

"뭐라고 한 거예요?"

"오늘 카드 마음껏 써도 된다고 했어."

"에이! 그런 말에 넘어갈 언니가 아닌데?"

"상처가 아물고 있다고 했지."

"그걸 믿어요?"

"응. 남편 말을 믿지 않으면 누굴 믿어! 유라가 그런 매력은 확실하지. 흐흐흐."

이렇게 한가할 수 있는 상황이 아니다.

최종라운드를 앞둔 태주는 3타 차로 쫓기고 있다. 게다가 함께 경쟁해야 할 상대가 어제도 매서웠던 맥길로이와 필드 위의 과학자라고 불리는 벌크 업 디셈보였다.

하지만 늘어지게 퍼질러 앉은 태주는 연습은 고사하고 연신 하품만 해 대고 있었으니, 그걸 지켜보는 뭇 시선이 따가울 수밖에 없었다.

경기를 포기하려는 건지, 포기하려면 뭐 하러 저러고 있는 건지 수군거리는 소리가 요란했다.

"10시야."

"그럼 나들이나 나가 볼까요?"

"어디 갈 데나 있어?"

"연습장이 크잖아요. 끄르륵!"

"어이고!"

트림까지 해 대며 일어서는 태주의 모습은 천하의 게으름뱅이 같았다. 기껏 10시가 되면 알려 달라더니, 산보를 하겠다나?

하지만 폴짝 일어나 따라붙은 폰을 데리고 태주는 휘적휘적 걷기 시작했다.

홍 프로도 따라나서지 않을 수 없었다.

그런데 그냥 걷진 않았다.

아직 출발하지 않은 쟁쟁한 선수들이 연습을 하고 있었는데, 태주는 그들의 스윙을 분석하며 폰을 가르치고 있었다.

"저기 저 선수가 버디 임 아닌가요?"

"아! 임성재 프로? 네가 재도 알아?"

"오빠보다 한 살 위잖아요. 그의 스윙을 분석해 봤는데, 느린 테이크백에 엄청 진심이더라고요."

"응. 굉장히 정교하지. 난 임 프로가 천재라고 봐."

"오빠가 그렇게 호평하는 걸 보면 굉장한 거네요. 하지만 전 따라 하기가 힘들더라고요."

"그가 스스로 터득한 타이밍이니까. 너도 언젠가 자신만의 템포를 찾게 될 거야."

"……."

찾았다고 대답하고 싶은 걸 참는 것 같았다.

그래서 더 궁금해졌다.

왜 진즉에 폰을 스윙을 점검하지 않았는지 후회스러웠다.

그런 생각이 든 순간부터 뛰기 시작했다.

남들은 경기 전에 스윙을 점검하기 바빴는데, 그 뒷공간에서 점점 더 속도를 높이며 달리기 시작했고 폰도 뒤처지지 않겠다는 듯 달렸다.

뒤따라 가던 홍 프로만 포기하고 제풀에 지쳐 돌아갔다. 그리고 정확히 10시 반, 태주는 폰과 함께 복귀했다.

이제 티오프까지 남은 시간은 겨우 45분이었는데, 가쁜 숨을 몰아쉬던 태주는 연습할 생각은 하지 않고 자리에 다시 엉덩이를 붙이더니 폰더러 스윙을 보여 달라고 했다.

"몸 안 풀어요?"

"숨 좀 돌리고. 너 스윙 좀 보자."

"내 스윙은 명품이죠. 흐흐흐."

놀라운 것은 아무리 컨디션이 좋지 않아도 태주가 숨을 몰아쉬는데, 폰은 긴 호흡을 몇 번 고르고는 바로 샷을 했다.

호흡이 스윙 리듬에 미치는 영향이 무시할 수 없어 큰 기대는 하지 않았는데, 그건 태주의 착각이었다.

하도 신기해 물어봤더니 아침저녁으로 10km씩 매일 뛰기 때문에 호흡과 체력은 걱정할 필요가 없다는 대답을 들었다.

말이 쉬워 20km지, 육상 선수도 아닌데 대단하다는 생각밖에 들지 않았다. 녀석에게 추천한 프로그램보다 2배를 더 뛰고 있었던 것이다.

"오 코치에게 배운 리듬이구나!"

"오빠 스윙에 가장 가깝게 해석했다고 하던데요?"

"응. 한동안 같이 지냈으니까 잘 알지."

"근데 왜 잔소리하지 않죠?"

"할 게 없으니까. 지금 그대로 충분히 좋아."

"정말이요?"

"그래. 더 쳐 봐. 내가 치는 느낌이 들어 좋네."

샷은 폰이 하는데, 절로 손에 힘이 들어갔다.

정말로 자신이 연습을 하는 것 같았고.

그저 손에 힘이 들어가는 것뿐만 아니라 호흡과 근육마저 실제로 스윙을 하는 것처럼 느껴졌다.

대략 20분 정도 골몰했을 무렵, 집중을 깨는 낯설지 않은 음성에 고개를 돌려야 했다.

"나이스 샷! 이게 누구야?"

"제이!"

"자네 여동생인가?"

"네. 제 여동생이자 아끼는 후배입니다."

"샷이 무척 좋군. TJ의 여성 모드라고나 할까?"

"좋게 봐 주셔서 감사합니다. 그런데 이 시간에 여긴 어떻게 오셨습니까?"

"자넬 모시고 가려고 왔지. 이제 슬슬 가야 되지 않나?"

"10분 후에 출발할 생각이었습니다. 한국에서 가져온 차가 있는데, 한잔하시겠습니까?"

"아! 좋지."

PGA 사무국 커미셔너가 직접 왔다.

1번 홀 티그라운드까지 모셔가기 위해서란다.

물론 그보다 더 중요한 것은 태주가 포기하지 않는지 확인하기 위해서일 가능성이 높다.

하지만 얼굴을 마주한 순간, 느낄 수 있었다.

포기를 모르는 남자라는 것을.

사실 보온병에 담아온 한국에서 왔다는 차는 고모가 끓여준 옥수수 수염차였다. 갈증 날 때 물보다 나았다.

그런데 K 열풍 탓인지, 제이는 그 차를 감탄하며 마셨다.

그리곤 뜻하지 않았던 말을 건넸다.

귀를 의심할 만한.

"아침에 헬렌이 나한테 달려왔더군."

"무슨 일이 있었습니까?"

"그녀가 제기한 의문을 조사해 봤는데, 이상하긴 해도 증거로 쓰긴 부적절하더군!"

"그게 무슨 말입니까?"

"뭐야? 당사자도 모르는 이의를 제기한 건가?"

태주는 감이 왔다.

아주 음습하고 찜찜한 그림자가 느껴지면서.

부상을 입은 그날, 태주도 의구심을 품었었다. 아무리 생각해 봐도 그럴 수는 없기 때문이다.

헤비 러프가 억세다는 것은 모르지 않지만 부상을 입을 만
큼 강한 압박이 걸릴 수는 없다.

휘두른 아이언 헤드에 실린 힘이 얼마인데, 그깟 풀이 좀
묶였다고 빠져나가지 않을 수 있단 말인가!

하지만 이미 벌어진 일, 돌이킬 수 없다면 잊는 게 최선이
라고 판단했다. 그 생각은 지금도 마찬가지였고.

에이전트 입장에서는 뭔가 이상하다면 조사할 수도, 이의
를 제기할 수도 있지만 자신에게 알리지 않은 이유처럼 지금
은 신경 쓸 계제가 아니었다.

"날씨 좋네요!"

"하하하! 우승하기 좋은 날이지. 난 자네의 어메이징 10을
누구보다 간절히 원하는 사람이라는 것만 알아 두게."

"그럼 먼저 돌아가시죠. 누구보다 공정해야 할 분이 편파
적이라는 시선을 받으면 곤란하지 않겠습니까."

"그게 바람직하긴 하지. 여하튼 반드시 좋은 결과 이루
게."

"고맙습니다."

응원의 말을 남기면서도 그의 시선은 여전히 붕대를 칭칭
동여매고 있는 태주의 왼손에서 떨어지질 않았다.

담당 의사가 경기 출전은 불가능하다고 만방에 알렸다. 때
문에 객관적이고 합리적인 사고를 가진 사람이라면 이렇게

응원하는 것도 부담스러울 수 있다.

하지만 가족들이 그런 것처럼 그도 진심을 담아 격려했다. 그게 판을 키우기 위한 속셈이더라도 각별한 배려를 받아 기분 나쁠 것은 없었다.

다만 오해의 소지는 없애는 것이 바람직하다고 밝혔고, 그는 흔쾌히 받아들여 멋진 장면을 하나 완성하게 되었다.

부상 입은 선수를 염려하고 배려하는 커미셔너, 그림이 좋았다.

"이모. 이제 붕대를 풀어 주십시오."

"어제 후반처럼 붕대 풀고 밴드만 할 거야?"

"네. 기적을 바라고 있습니다."

"기적? 설마 상처가 다 아물기 바라는 건 아니지?"

"왜 아닙니까!"

"미친!"

홍 프로의 그 표현은 미친 기대를 한다는 의미가 아니었다.

붕대를 푼 태주의 왼손바닥의 상처가 희미했기 때문이었다.

정말로 살이 붙었다.

마치 몇 달 지난 상처처럼 꿰맨 부분이 희미해졌는데, 보고도 믿기 어려웠는지 몇 번이나 눈을 깜빡이고 다시 봤다.

그때 폰의 실망스러운 음성이 들렸다.

"뭐야? 다 아물지 않았잖아요!"

"이만하면 피가 새지는 않겠어!"

"아니요. 터질 것 같으니까 압박 붕대를 감는 게 좋겠어요."

"이질감이 클 텐데?"

"극복해야죠. 할 수 있잖아요!"

"응? 그래. 할 수 있지! 그럼!"

우레와 같은 박수가 쏟아졌다.

1번 홀로 이동하는 내내 왼손에 압박 붕대를 감은 태주의 모습에 팬들의 뜨거운 환호성이 끊이질 않았다.

마치 나라를 구한 개선장군 같았다.

"부담스럽게 왜들 이러죠?"

"포기하지 않는 네 정신력에 열광하는 거지!"

"나한테 베팅을 했나?"

그렇게 매도할 필요는 없다.

자신의 우승을 간절히 바라는 팬들의 응원이니까.

하지만 낯간지러울 정도로 열광적이고 일방적인 분위기는 도리어 부담스러웠던 것이다.

3일 내내 대단했지만, 오늘은 그 열기가 또 달랐다.

"우리 아들 대단하네요."

"그러게. 나도 한때는 인기 좀 있었는데, 이건 그것과 비교도 할 수 없구먼!"

"당신은 그때 되게 도도했잖아요. 그에 비해 우리 태주는 겸손하고, 젠틀하고, 또 저렇게 제 몸 상하는 줄도 모르고 팬들의 응원에 보답하기 위해 나섰으니…."

"이 좋은 분위기에 울긴 왜 울어?"

"다 좋은데, 부상은 어쩌느냐고요! 우리 아들…."

"다 생각이 있을 거야. 똑똑한 녀석이잖아."

"맞아요, 어머니. 수술 부위가 거의 다 붙었대요."

보다 못한 유라가 나섰다.

물론 유라는 출발 전 태주를 만났고 폰에게 들었다.

부상이 생각만큼 심각하진 않다고.

믿기지 않지만 믿지 않을 수도 없었다. 홍 프로도 걱정하지 말라고 전했기 때문에 무모한 출전이라고는 생각지 않았다.

다만 출발은 하는데, 언제 다시 부상이 도질지 그게 관건이라고 생각했다.

태주가 1번 홀에 나타나자 중계진도 반가움을 표했다.

- TJ KIM이 등장했습니다!

- 당당한 모습 보기 좋습니다. 의사의 조언도 불사하고 경

기를 포기하지 않은 의지는 칭찬받아 마땅합니다.

- 그런데 왜 담당의는 출전하지 못할 것이라고 단정을 한 걸까요? 저렇게 웃으면서 나왔는데.

- 전문적인 소견을 무시할 생각은 없지만, 그가 오판한 것이 있다고 생각합니다. 인간의 의지가 얼마나 대단한지, 프로 골퍼에게 PGA 챔피언십과 같은 메이저 대회가 어떤 의미인지.

- 저는 솔직히 포기하는 것도 현명한 선택이라고 봅니다. 부상이 악화되어 차후 그의 멋진 플레이를 볼 수 없을지도 모른다는 생각을 하니 그보다 아쉬운 일도 없더군요.

- 출전은 했지만, 대회를 마치는 것은 알 수 없습니다. 도저히 스윙을 할 수 없는 상태가 되면 어쩔 수 없지 않겠습니까!

그런 의견이 지배적이었다.

일단 경기는 포기하지 않으나 좋은 경기력을 보일 수 있는 상황은 아니라고들 생각했다.

때문에 2타 차로 앞서고 있지만 우승까지 바라는 팬들은 거의 없었다. 불굴의 투지를 보여 주는 것으로 충분하다고 본 것이다.

물론 태주는 그럴 생각이 눈곱만큼도 없었지만.

"로리. 오늘 컨디션은 어떻습니까?"

"나야 괜찮지. 자네는?"

"보시다시피."

"장갑을 낄 수나 있을까? 그렇게 붕대를 감으면?"

"그래서 치수가 큰 것도 여러 개 가져왔습니다."

"그렇군! 오늘 자네에게 행운이 함께하길 비네."

"맥. 덕담도 그만하면 과한 거 아닙니까?"

"어허! 어서 오게. 브라이슨."

조금 늦게 나타난 브라이슨 디샘보, 프로필에는 185.4cm, 106.6kg이라고 쓰여 있지만, 막상 마주 서 보니 느낌이 달랐다.

키는 더 작게 느껴졌고 벌크 업을 한 몸집은 식단 관리를 못 해 과체중이 된 고등학생 같다는 느낌을 받았다.

경쟁자에게 행운을 빌어 준 것이 이상하게 느껴졌나?

그는 과한 덕담이라고 말하며 끼어들었다.

최고의 명성을 지녀 일거수일투족이 화제인 정상급 선수라고 하더라도 결코 바람직한 행동은 아니었다.

그런데 흥미로운 짓을 했다.

로리에게는 필요 이상으로 긴 인사를 주고받더니 인사하려고 기다리는 태주에게는 시선조차 주질 않았다.

"좁쌀인가?"

"뭐라고?"

이번에는 태주가 몸을 돌렸다.

좁쌀이라는 한국어를 알아들을 수는 없다. 하지만 위상, 경력의 고하를 떠나 최종 라운드에서 경쟁자로 만난 프로라면 서로가 존중하는 것이 옳다.

더욱이 첫 동반 라운드였고 실험적인 정신을 가진 그에게 호감이 없지 않았는데, 어처구니없는 행동에 마음이 상했다.

이렇게 무지하거나 무식하리라고는 예상치 못했다.

혹시 태주가 부상 때문에 언론의 주목을 한 몸에 받는 것이 배 아팠다면 그럴수록 더 실력으로 보여 줘야지, 불필요한 각을 세워 왕따라도 시키려는 의도가 좋아 보일 리 없었다.

"개싸가지네!"

"그러게요. 좋게 봤는데, 켑카가 훨씬 낫네요."

"저 인간이 어쩌든 신경 쓰지 말자."

"당연하죠."

켑카를 언급한 순간, 그의 시선이 느껴졌다.

본인은 아니라고 우기겠지만 서구인들 중에는 아시아인을 무시하는 어리석은 편견과 선입견에 젖은 이들이 적지 않다.

뭐가 그렇게 잘났다고?

디셈보도 다르지 않다는 느낌을 받았다.

무시하진 않았더라도 시선조차 주지 않으면 먼저 머리 숙여 인사라도 할 줄 알았던 것일까?

하지만 상호호혜의 정신에 투철한 태주는 노란 싹수를 보이는 그의 무지함이 싫었다.

'도발인가?'

'부상을 입고도 출전을 강행한 나를 도발할 정도면 네놈 그릇이 어떤지 알 만하네!'

'몸집을 키울 시간에 가슴이나 좀 키우지!'

작은 행동 하나에 지나치게 과민한 해석일지도 모른다.

하지만 그런 판단을 내릴 수밖에 없는 이유는 그에게서 느껴지는 그다지 기껍지 않은 묘한 감각 때문이었다.

그 무슨 비논리적인 접근이냐고 묻는다면, 할 말은 없다. 하지만 그렇게 느껴지는 걸 어떡하겠나!

죽으라고 훈련해 몸을 만들고 스윙을 다듬었다. 그래도 지금 같은 완성도 높은 경기력을 보일 수 있었던 것도 그런 믿기 힘든 초월적인 감각이 작용했기 때문임을 부정할 수 없다.

아너를 뽑았는데 디샘보, 로리, 태주 순서였다. 디샘보가 팬들의 뜨거운 박수를 받으며 티그라운드에 오르자 맥길로이가 다가왔다.

"너무 신경 쓰지 마."

"그런 걱정은 쟤가 해야 할 겁니다."

"크. 사실은 내가 걱정이야. 어제 보기 드문 악몽을 꿨어!"

"악몽이라니요?"

"부상은 자네가 입었는데, 내가 실려 나가는 꿈을 꿨거든."

"경기 중에 실려 나갔다고요?"

태주가 놀란 이유는 그 말을 듣는 순간, 환영이 보였기 때문이었다. 메디컬 카트에 누워 고통을 호소하는 맥길로이.

얼른 고개를 저어 떨쳐 버렸지만 찜찜한 일이 아닐 수 없었다. 그의 악몽이 고스란히 전해진 것 같았으나 묻지 않았다.

꿈은 반대라는 말을 해야 할 타이밍이었기 때문이다.

그사이, 디샘보의 무시무시한 티샷이 폭발했다.

작정한 듯, 젖 먹던 힘까지 다 쏟아낸 그의 티샷은 팬들의 탄성을 이끌어 내기에 충분했다.

"와우! 대단하군!"

"당겨졌습니다."

"……."

아직 타구는 창공을 꿰뚫는 중이었다.

구질이 어떨지, 방향이 괜찮은지 판단할 시기는 아니었다.

일단은 무지막지한 파워에 탄성을 지르는 것이 일반적인

데, 태주가 당겨졌다는 말을 하자 로리는 말없이 지켜봤다.

그의 눈에는 구질을 파악할 만한 아무런 근거도 보이질 않았기 때문이다. 그런데 태주의 말은 현실이 되고 있었다.

차라리 페이드 구질이었다면 좋았을 우측으로 휜 도그렉 홀인데, 힘차게 날아가던 타구가 훅이 걸리며 왼쪽 러프 너머 괴상하게 생긴 벙커로 기어들어 가고 말았다.

"정말이네!"

"제가 눈이 좋거든요."

"그게 보인다고?"

"그래서 제 레슨을 좋아하는 사람이 많죠. 흐흐흐."

"신기하군!"

그렇게밖에는 말할 수 없었다.

평생 골프를 쳤고 어릴 때부터 천재 소릴 듣던 자신도 볼 수 없는 신비한 동체 시력을 지녔다고 볼 수밖에 없다.

그래도 신뢰하긴 어려웠다.

운 좋게 봤고 맞출 수도 있기 때문이다.

본인도 가능한지 확인하고 싶었지만 자기 차례가 되어 티 그라운드에 올라설 수밖에 없었다.

태주도 확인이 필요한 게 있었다.

"이모. 오늘 바람이 어떻게 되죠?"

"초속 40피트? 미터로 환산하면 12미터쯤 되는 거니까 샷에 영향을 미치는 수준이라고 봐야지."

"내주에 허리케인 예보가 있던데, 그 영향을 받는 건가?"

"그런 것 같아. 쟤 샷도 바람의 영향을 받은 거지?"

"당겨치긴 했죠. 하지만 바람 때문에 더 먹힌 건 맞습니다."

반가운 소식이었다.

날씨는 화창해 골프 치기 딱 좋은 날이었다.

하지만 부상이라는 핸디캡을 가진 태주는 변수가 필요했고 이 바람이 자신에게 유리하다는 판단을 내렸다.

상대적이긴 하지만 남들보다 더 민감한 감각을 지녔다고 자신하기 때문이다. 그렇다면 번거롭더라도 바람을 효과적으로 활용해야겠다는 마음을 먹었다.

그 순간, 마음의 울림이 작동했다.

'뭐야? 벌써?'

타구 궤적이 보였다.

자신이 샷을 하는 것도 아니고 맥길로이가 빈 스윙을 하고 있었는데, 그때마다 타구의 궤적이 훤히 보였던 것이다.

심장이 날뛰는 그 짜릿함이란!

"왜? 무슨 생각을 하는데 그렇게 웃어?"

"바람이 보여요."

"참나! 니가 귀신이냐?"

"바람은 이기는 것이 아니고 극복하는 거라고 했죠?"

"누가?"

"광고 카피였나?"

"영화 대사일걸? 하지만 선생님은 바람은 순응하는 게 좋다고 하셨잖아."

"오늘은 극복해 볼랍니다!"

맥길로이는 디샘보의 궤적을 보고 참조했다.

하지만 그의 선택은 썩 좋아 보이지 않았다.

페이드를 의도한 것은 좋은데, 앞선 디샘보가 흔들어 놓은 장타 욕심을 버리지 못하고 강한 임팩트를 만들어 냈다.

그러나 공이 살짝 헤드 윗부분에 맞는 바람에 이른바 뽕샷처럼 탄도가 많이 떠서 의도한 페이드는 아무 소용이 없게 되었다.

- 너무 높게 뜨지 않았나요?

- 그의 스탠스를 보면 페이드 샷을 의도한 것 같은데, 저렇게 높이 뜨면 바람 때문에 페이드가 걸리지 않습니다. 챔피언 조에 속한 선수들이 1번 홀부터 너무 욕심을 부리네요.

- 페어웨이 적중률이 낮은 디샘보는 납득이 되지만 노련한 로리가 저런 실수를 하는 것은 이해가 어렵네요.

- 하하하. 경험도 피할 수 없는 것이 과욕이죠. 차라리 아

너였다면 저런 샷이 나오지 않았을 텐데, 안타깝습니다.

- 그럼 TJ KIM도 부담스럽지 않을까요?

- 그럴 가능성이 높습니다. 하지만 이 상황에서도 자기만의 샷, 자기만의 공략을 보인다면 다시 한번 인정할 수밖에 없게 되는 겁니다.

디셈보의 타구는 비록 벙커에 빠졌지만, 비거리는 어마어마했다. 무려 354야드를 찍어 150야드 안팎을 남겼다. 벙커라도 얼마든지 2온을 노릴 수 있는 상황이라고 봤다.

하지만 그런 상황을 다 보고 친 로리의 티샷은 거리 손해가 심해 316야드를 찍었을뿐더러 차라리 벙커가 나을지도 모를 헤비 러프에 박혔다.

웬만해서는 감정을 드러내지 않는 그가 인상을 쓰며 내려오는 걸 보면서 태주도 웃을 수만은 없었다.

"너무 우측 보는 거 아냐?"

"스트레이트로 칠 거니까요."

"그럼 더 위험해 보이는데?"

"바람이 보인다니까요!"

장갑 안에 압박 붕대를 서너 번 감은 상황이라 그립감이 둔했다.

예상보다 훨씬 심각해 평소보다 빈 스윙을 더 많이 했다.

그나마 지연 행위라고 째려보는 시선이 없어 다행이었다.

홍 프로도 마른침을 삼키며 쳐다봤는데, 방금 전에 지적했다시피 태주의 에이밍이 지나치게 우측이었기 때문이다.

부상을 고려한다면 장타는 포기해야 옳은데, 그 방향으로 치려면 적어도 350야드는 넘겨야 한다. 이 와중에 70% 이상의 힘을 쓰려는 것이 무모해 보였지만 참견은 하지 않았다.

태주의 이 첫 티샷에 닿은 시선이 몇이나 될까?

오늘 하루, 아니 대회 우승의 향방도 엿볼 수 있는 샷인 터라, 그 생각을 하면 긴장감이 몰려와 은퇴한 것이 행복하다는 느낌마저 들었다.

- 아예 우측을 보는데요?

- 장타를 때리려는 것 같습니다. 최소한 우측에 몰려있는 괴상하게 생긴 저 벙커 밭은 넘겨야 하니까요!

- 왜 저는 그렇게 보이질 않죠? 제 생각에는 바람을 활용해 공을 페어웨이에 안전하게 보내려는 것으로 보입니다.

- 바람이 아무리 강해도 저렇게 오조준을 할 필요는 없습니다. 지금 저렇게 방향을 잡은 이유는 벙커를 넘기려는 시도로 보는 것이 더 적절합니다.

- 바람이 예상보다 더 강한 건 아닐까요?

누가 옳은지 확인할 순간이 다가왔다.

태주의 티샷은 예상과는 달리 강하지 않았다.

홍 프로도, 장타를 노린다고 장담했던 챔블리도 놀랐다. 그렇게 치면 여지없이 벙커 밭에 처박힐 것 같았기 때문이다.

하지만 잘 뻗어 나가던 타구는 최고점을 찍기도 전에 휘기 시작했다. 훅을 걸지 않았지만 생각보다 급격하게 휘는 광경에 훅을 걸었다고 오인하는 이들도 많았다.

- 제 말이 맞죠?

- 글쎄요! 저희가 지금 2시간째 중계 중이고 60명 넘는 선수의 1번 홀 티샷을 지켜봤습니다. 그런데 이렇게 심하게 휘는 경우는 없었습니다. 고로 훅을 건 게 아닌지 의심됩니다.

- 바람의 세기를 체크해 봐야지 않을까요?

- 초속 30, 40피트였는데…. 어허? 강해졌네요?

- 네. 지금은 52피트입니다. 정말 기가 막히지 않나요? 어떻게 저 바람을 정확히 읽고 대처한 것인지!

챔블리는 한동안 말을 잇지 못했다.

사실은 바람만 체크했어도 알 수 있는 내용인데, 그건 나란히 앉은 캐스터도 마찬가지였기 때문이다.

그만큼 프랭크가 TJ의 경기 운영에 집중하고 있다는 것인데, 정신을 바짝 차려야겠다는 생각이 들었다.

여하튼 앞선 두 선수와는 다른 선택을 한 태주의 티샷에 놀라지 않을 수 없었다. 장타를 때릴 수 없는 선수라면 모를까, 앞선 두 선수가 거리 욕심을 내 실수가 나온 시점이라면 보란 듯이 도전해 볼 만한데, 그러질 않았다.

"어허! 이게 뭐지?"

"저도 이해가 되질 않아요. 분명 전문의는 스윙이 불가능하다고 했단 말이에요. 봉합한 살이 너덜너덜해졌다고….."

"책상물림 놈들이 뭘 알겠어! 제 깐에는 의학적 판단이라고 하겠지만 그따위 망발로 내 심기를 건드리다니!"

"알아서 조치할게요."

"덕. 그놈은 왜 아직도 연락이 없지?"

"닥터 K가 정오 무렵에 도착한다는 보고는 있었어요."

"근데 보면 볼수록 대단한 놈이군!"

챔피언 조 주변은 발 디딜 틈이 없을 만큼 많은 갤러리들이 붐볐다. 하지만 리처드와 마리아 주변에는 여유가 많았다.

누가 봐도 험상궂게 생긴 보디가드들이 사방을 에워싸고 그들의 진로를 확보하려고 애쓰고 있었기 때문이다.

몇몇 덩치들이 불만을 토로했으나 그럴 때마다 다가가 뭔가를 보여 주는 가드들 때문에 이내 자리를 피했다.

이 자리와는 어울리지 않는 총기를 휴대한 것으로 보였다.

그들이 기다리고 있는 닥터 K라는 자가 오면 과연 무엇을 어떻게 하려고 하는 것인지 이해가 되질 않았다.

하지만 그들의 행태를 멀리서 관망하는 한 무리가 있었다.

"개 버릇 남 못 준다더니 이런 즐거운 축제에 와서도 저런 몹쓸 짓을 버젓이 하는구나!"

"커미셔너와 협의해 적절한 조치를 취했어요."

"그게 통할까?"

"충분하진 않겠죠. 문제는 실질적인 행동을 취할 끄나풀들의 동향을 아직 파악하지 못한 거예요."

"분명 잡놈들을 불러올 게다!"

"그래 봐야 P.K들이겠죠. 그런 놈들은 로키 오빠가 알아서 처리할 수 있을 거예요."

"올리. 네 수고가 많구나! 그런데 마틴은 왜 보이질 않지?"

"헬렌이 에이전트로서 제이에게 정식으로 이의를 제기한 것 같은데, 이상하게도 아저씨는 보이질 않아요."

"연락도 안 되고?"

"네. 가만히 있을 분은 아니잖아요. 이럴 때는 서로 협력하는 게 좋은데, 독단적인 그 스타일은 세월이 흘러도 변하질 않네요."

게리 브라운은 온갖 세상 풍파를 겪은 노장이다. 하지만
그의 곁에 바짝 붙어 손발 역할을 하고 있는 올리비아는 이
제 겨우 스물한 살 여자애다.

고집스럽고 자기주장이 확실하긴 하지만 골프에 관한 한
태주로부터 아직 멀었다는 평가를 받는 프로 지망생에 불과
했다.

아카데미 전지훈련을 다녀온 뒤, 희망에 부풀어 있지만 지
금 하고 있는 나이에 어울리지 않는 역할은 빈틈이 없어 보
였다.

그 내용이 일상적이지 않다는 것을 고려하면 그녀 또한 선
택받은 핏줄의 능력을 물려받은 일족이라고 봐야 했다.

"클라인은 로키 마중을 나간 게냐?"

"네."

"너희들 수련의 성취는?"

"송구하게도 별 진전이 없어요. 아무래도 신성한 기운을
받아들일 그릇은 되지 못하는 것 같아요."

"그래서 저 친구와 가까이 지내라는 것이다."

"할아버지는 그게 정말 정답이라고 생각하시는 건가요?"

"촉매의 역할은 할 수 있다고 보지. 아직 자신의 능력을
각성하지 못했는데도 벌써 밝은 빛으로 세상을 밝히지 않

느냐!"

"그럼 치유 능력도 가지고 있는 걸까요?"

"글쎄다. 하루 만에 다시 클럽을 쥔 걸 보면 그런 것 같기도 한데, 썩 반가운 일은 아니지."

도무지 이해하기 힘든 대화였다.

골프 선수에게 치유 능력이 있다면 그보다 좋은 것이 또 있을까 싶다. 그런데 브라운은 반가운 일이 아니라고 말했다.

리처드의 발언을 참조하자면 그는 태주를 특별한 초감각을 지닌 신성한 존재라고 보고 있다. 자신이 좋아하는 골프에 천재적인 실력을 보인다고 그렇게 평가하는 것은 아니다.

가까이 두고 보면 볼수록 한없이 끌리는 묘한 동질감이 가족 못지않았고, 오랫동안 괴롭히던 잔병치레도 싹 사라졌다.

하기야 젊은 태주의 몸에 빙의했으니 죽음에서 돌아온 존재인 것은 분명했다. 하지만 그가 바라는 존재가 되고 싶은지는 여전히 오리무중이었다.

'왜 자신의 위대함을 자각하지 못하는 걸까?'

'스스로 각성하길 기다려야 하나?'

'진정 신성한 존재라면 위험한 일이 자꾸 벌어질 텐데!'

빙의했지만 그런 초자연적인 현상에 대해 깊이 생각해 보지 않은 태주는 세상에 자신과 비슷한 인간들이 존재한다는 사실을 모르고 있었다.

그런 상황을 인지할 아무런 연관성을 접하지 못했기 때문이었다. 하지만 브라운은 그를 처음 봤을 때부터 끌렸다.

인간의 과학 기술이 믿기 힘들 만큼 눈부신 성장을 거듭하면서 그저 전설이나 신화, 미신으로 치부되는 역사의 빛이 바랬고, 자신의 가문에 내려오던 능력도 날로 미약해지는 것을 보면서 이제 신화의 시대는 끝났다고 생각했었다.

나쁘지 않은 일이라고 여겼는데, 인생 말년에 희비가 교차하고 있었다. 신성한 존재의 탄생은 반갑지만 그 탄생이 의미하는 바 또한 주목할 필요가 있었기 때문이다.

'이 땅 위에 또다시 지옥이 펼쳐질지도….'

같은 시각, 마틴도 바삐 움직이고 있었다.

가장 급선무는 골드핸드가 이번 대회에 얼마나 깊숙이 관여되었는지부터 파악하는 일이었다.

대체 얼마나 큰 베팅이 걸렸기에 그런 개수작을 부리는지 확인이 필요했는데, 보고 받은 내용은 충격적이었다.

태주가 우승하지 못하면 자신이 운영하는 언더 베팅업체인 DDT도 수백만 달러를 토해 내게 세팅되어 있었다.

절대 태주와 관련된 역 베팅은 삼가라고 수차 강조했으며 무리한 배당은 설정하지 말라고 지시했건만, 자신의 장남이

이를 어기고 뻘짓을 했다는 것을 알게 되었다.

그놈이 자신에게 알리지도 않고 이곳에 와 있어 호출했는데, 더 어이가 없는 것은 아들놈의 태도였다.

"그깟 460만 달러 가지고 뭘 그렇게 흥분하십니까. TJ가 우승하면 2150만 달러를 먹는데!"

"이런 어리석은 놈!"

"멀쩡하게 출전했고 첫 티샷 날리는 거 보니까 우승할 것 같지 않나요? 아버지가 온몸으로 아끼고 보호하기 때문에 전 그의 우승에 대한 한 치의 의심도 하질 않았습니다."

"중요한 것은 네놈이 내 지시를 어기고 네 맘대로 베팅에 참여했다는 것이지!"

"저도 이제 쉰입니다. 언제까지 어린애 취급을 하시려고요. 그럴 거면 저를 자르시든지요!"

"그래. 오늘부로 네놈을 다크드래프트(DDT) 대표이사에서 해임한다. 당장 모든 업무에서 손 떼고 본가에 돌아가 근신하거라!"

"아, 아버지!"

"나가! 썩!"

능글맞게 웃으며 대꾸하던 장남 문용달의 얼굴이 새파래졌다. 늘 어렵고 무서운 존재였지만 자신을 믿고 일을 맡긴 지 벌써 3년이 지났다.

그동안 실적도 좋았고 설사 이번 베팅에서 손해를 보더라도 이렇게 내쳐질 상황은 아니라고 자신했었다.

지시를 어겼지만 대박을 터트려 부친에게 자신의 능력을 인정받고 싶었는데, 불호령과 함께 떨어진 해임 결정은 그로 하여금 눈앞이 캄캄하게 만들었다.

옛날 기억이 소록소록 떠올라 손발이 사시나무 흔들리듯 떨렸다. 버티면서 재고를 바란다고 말씀드리고 싶었지만 부친의 살기 어린 눈빛을 마주하자 오금이 저렸다.

"아빠! 일단 결과를 지켜본 뒤에 결정하셔도 늦지 않을 것 같아요."

"내가 돈 몇 푼이 아까워서 이러는 것 같으냐?"

"큰오빠도 나름 잘해 보겠다고 나선 거라고 봐주실 수는 없나요?"

"헬렌! 네 녀석까지 분위기 파악을 못 하는 게냐! 리처드가 움직였어. 다른 놈들과 다르다는 것을 모르는 게냐!"

"……."

"나가라고! 이 밥통 같은 놈아!"

결국 용달은 쫓겨나고 말았다.

그가 앉아 있던 자리에서 역한 냄새가 풍기고 있었다.

오줌이라도 지린 것일까? 그렇게 무서워하면서 왜 부친의 명을 거역한 것인지 알 도리가 없었다.

그가 나간 뒤, 마틴도 침통한 탄식을 흘리며 자리에서 일어나 테라스로 향했다. 아들의 지저분한 흔적이 가슴 아팠던 것인지, 창피하고 한심해서인지는 모르겠으나 눈치 빠른 헬렌은 얼른 비서에게 뒤처리를 지시했고 부친에게로 향했다.

"아빠. 큰오빠 해임은 조금만 더 시간을 두고 결정하시는 게 좋을 것 같아요."

"네 녀석도 그놈이 아직 희망이 있다고 보는 게냐? 너도 그놈의 문란한, 아니 더러운 생활에 대해 알고 있잖아!"

"……"

"가족들에게 위협이 될 헛짓만 하지 않아도 난 만족해. 놈이 이번 사건과 연관이 있는지부터 확인해 봐."

"설마요?"

"그러고도 남을 놈이야! 천성은 바뀔 수가 없는 법이지. 다 내 업보겠지만."

"아빠…."

마틴 문도 사생활이 깨끗하다 말할 수는 없다.

하지만 용달은 깨끗함을 논할 수 없는, 그래서 더럽다고 말할 수밖에 없는 지경이었다. 법적으로 문제가 될 뒤치다꺼리를 하느라 수고한 형제들의 실망은 이루 말하기 어려웠다.

특히 헬렌은 말할 것도 없는데, 그래도 장남을 감싸는 마음 씀씀이가 가상해 말을 아낀 게 지금 이 정도였다.

하지만 본론은 그때부터 시작이었다.

"염력을 사용하는 자들이 동원된 거지?"

"네. 누군지도 확인이 되었습니다."

"지져 버려!"

"그러면 정면충돌이 불가피한데요?"

"그동안 참을 만큼 참았어. 적당히 선을 지키리라고 봤던 내 어리석음이 아쉬울 뿐이다. 하지만 이젠 아니지. 백주대낮에 버젓이 이능을 사용할 만큼 간덩이가 부었다면 이젠 알려 줘야지. 세상이 녹록지 않다는 것을!"

"놈들의 세력이 만만치 않아요."

"그 말은?"

"네. 대가리를 치는 게 가장 확실하고 효과적이라는 말씀을 드리는 거예요."

"으음….."

마틴은 놀랐다.

정면승부도 마다하지 않을 결심을 했지만, 헬렌처럼 파격한 생각은 하지 못했었기 때문이다.

그러나 그게 옳았다.

허접한 수족을 자르는 것으로는 충돌만 거세질 뿐, 근본적인 문제 해결을 위해서는 대가리를 치는 것이 최선이었다.

그렇다면 어떤 방법을 동원하느냐가 관건인데, 실패했을

경우를 고려해 보지 않을 수 없었다.

"모든 전력을 동원해야 한다고 생각해요."

"그러려면 시간이 필요하겠구나."

"네. 이번 주말에는 불가능하고 놈의 일정을 정확히 파악해 타격 시기를 결정해야 할 것 같아요."

"깊이 생각해 보마."

"그리고 한 가지 더 보고 드릴 특이 사항이 있어요."

"TJ에 관련된 것이냐?"

"네. 그의 여동생, 엄밀히 말하면 스승의 딸이라는 여자애가 보통내기가 아니라는 징후가 포착되었어요."

"혹시 TJ의 부상 치유와 연관된 것이냐?"

"그걸 어떻게 아셨어요?"

"내 느낌은 둘의 영혼이 묶인 것 같더구나. 전생의 인연이 아닌지 싶은데, 그 애가 붙어 있는 이유와 불가사의한 부상 치유가 상관이 있을 거라는 생각은 했지!"

헬렌은 아버지의 영험함에 또 한 번 놀랐다.

차마 입에 담기 어렵지만, 마틴은 박수(博數- 남자무당)였다. 어느 날 갑자기 신내림을 받은 강신무가 아니라 오랜 세월 세습되어 괴력난신(怪力亂神)을 행사할 수 있는 사제무였다.

선조의 유전을 온전히 이어받지 못한 조부의 치명적인 실수로 인해 가문의 뿌리가 통째로 뽑혀 외국을 떠도는 신세가 되고 말았다.

하지만 그의 부친이 영험한 기운을 일부 되찾았고, 그의 대에 이르러 그 기세가 천하 육주에 이를 만큼 왕성히 피어났다.

그걸 활용해 부와 권력을 이뤄 냈고 당신이 걸었던 어두운 과거를 벗어나 후손들은 이제 양지에서 번창하는 가문이 되길 바랐다.

그래서 가급적 힘을 쓰는 일은 자제했는데, 더는 물러설 수 없는 지경에 이르렀다고 판단한 것이다.

"184야드 남았어."

"7번 아이언 주세요."

"컨트롤 샷?"

"네. 전 바람이 시원하게 부는 이런 날이 가장 좋더라고요. 흐른 땀이 바로바로 마르면서 시원하게 느껴지잖아요."

"네가 좋아하는 펀치 샷을 할 수 있어서가 아니고?"

"그것도 그렇죠. 흐흐흐."

"그 웃음소리 좀 바꾸면 안 돼? 너무 음흉하게 들려."

"어떻게 들리는지는 듣는 사람의 마음에 달렸죠. 음흉하게 들렸다면 그건 이모의 마음에 음흉한 생각이 가득 찼기 때문일 겁니다."

"야! 집에 갈 때가 되어서 그런 거잖아!"

"아들도 보고 싶고 남편 품도 그립고 그런가요?"

"고만하지!"

오늘만 지나면 한 주 쉴 수 있다.

2주 후에 열리는 The Memorial Tournament가 다음 일정이었기 때문이다. 그래서 홍 프로는 한국에 다녀올 것이다.

태주는 가족들이 다 몰려와 있으니 굳이 갈 이유가 없지만, 유부녀인 그녀는 아들과 남편이 그리울 때도 됐다.

그냥 농담처럼 건넨 말인데, 바로 수긍해 버리자 도리어 미안했다. 일을 위해 와 있다지만 일하는 이유도 다 잘 먹고 잘살기 위해서가 아니겠는가!

본말이 전도된 생활에 질릴 때도 되었다는 생각이 들자 고맙고 미안한 마음을 담아 한마디 보냈다.

"이모가 없는 투어는 상상할 수도 없습니다."

"됐고! 샷에나 집중해. 그립감을 찾아야지."

"좀 답답하긴 하네요."

"아프진 않지?"

"네. 폰의 기도가 하늘에 닿았나 봅니다."

"왜 폰만 기도했을 거라고 생각해? 나도 그렇고 네 가족들도 한결같이 빌었을 거야."

"그러네요. 흐흐흐."

다른 의미였는데, 홍 프로에게 통할 말은 아니었다.

압박 붕대를 감은 상태로 그립을 잡는 것은 결코 용이하지 않았다. 어차피 중지와 검지 두 손가락만으로 감아쥐는 스타일이지만 불룩하게 부푼 손바닥이 닿지 않을 수 없다.

때문에 이번에도 빈 스윙을 여러 차례 하고서 샷을 했는데, 좋은 컨디션과 자신감에도 불구하고 원하는 타격이 나오질 않았다.

미세한 더프(Duff- 볼을 정확히 맞추지 못하고 뒤땅을 치는 행위)가 나면서 안 그래도 낮은 탄도가 더 뜨질 않았다.

- 우후! 뒤땅이나요?
- 아무래도 그립이 좋질 않아서 그런 것 같습니다.
- 붕대를 푸는 것이 좋을 텐데, 그건 부담이 되는 거겠죠?
- 네. 그런 심각한 핸디캡을 안고 싸워야 하는 TJ의 답답한 심정이 느껴지는 것 같아 저도 답답해지는 것 같습니다. 스윙에서 그립이 얼마나 중요한데요!
- 혹자는 그립이 스윙의 절반이라고도 하더군요.

- 한 번 익숙해진 그립을 바꾸는 것은 프로들도 모험이라고 생각할 정도로 중요합니다. 하지만 지금은 어쩔 수 없는 상황이니까 잘 극복하길 바라봅니다.

2화. 진정한 황제로!

골드의
신이
강림했다

팬들도 이해한다는 반응을 보였다.

평소 그런 샷이 자주 나왔다면 모를까, 실수가 적은 프로로 정평이 난 태주였기에 그 좋은 라이에서 그린에 올리지 못한 것을 안타까워하며 격려와 응원의 소리가 끊이질 않았다.

그런데, 실수가 전염이라도 된 것일까?

맥길로이도, 디샘보도 2온에 실패하고 말았다. 챔피언 조에 속한 선수들답지 않다고 볼 수밖에 없는 졸전이었다.

이럴 때 혼자 치고 나가 버디를 기록하면 2타 차인 맥길로이도, 3타 차인 디샘보도 우승에 한 발 더 다가갔다는 소릴 들을 텐데, 아쉬움이 묻어나는 첫 홀을 그렇게 지나가고 있었다.

"폰. 붕대를 풀 정도로 낫진 않았지?"

"풀어도 되긴 하는데, 그러면 후반에 터질 것 같아요."

"방법이 없을까?"

"글쎄요. 거기까진 생각해 보지 못했어요."

너무 단순해 무심한 대답처럼 들렸을까?

유라는 태주의 행동에 눈을 떼지 못하는 폰을 슬쩍 흘겨봤다. 그녀도 폰을 진심으로 아낀다. 존경하는 선생님의 딸이며 고생한 것을 알고 있기 때문이다.

이제 겨우 17살에 불과하지만, 자신이 봐도 용감무쌍하다. 다만 태주에 대해 지나치게 진심인 것이 마음에 걸릴 뿐.

그래도 의심하지 않으려고 애쓰며 이성으로 엮일 관계가 아니라고 생각하지만, 눈빛만으로도 통하는 것 같은 특별한 관계를 유지하는 것에 불안감을 느끼는 것도 사실이었다.

폰을 친딸처럼 아끼는 상도의 태도도 께름칙했다.

부부는 돌아서면 남이라지 않은가, 때문에 상도와 태주가 스스럼없이 폰을 아끼는 행동을 보일 때마다 신경이 쓰였다.

"폰. 네가 오빠 가까이에서 움직이며 상태를 확인하는 것이 좋을 것 같구나. 별일 있으면 우리한테도 전해 주고."

"네. 그래야겠어요. 아저씨."

유라는 그 말에도 서운했다.

자신도 투어프로다. 폰과는 비교할 수 없을 커리어를 쌓은.

또한 아내이기에 태주의 상태를 보다 정확히 확인할 수 있다고 생각했다. 그런 역할을 할 사람이 필요하다면 자신에게 시켜야 할 것 같아 입맛을 다셨는데, 상도의 음성이 들렸다.

행복한 감정이 마구 밀려든 이유는 그의 이미지에 맞지 않는 다정한 어투에서부터 시작되었다.

"아가. 몸은 괜찮니?"

"아, 네. 아버님."

"네가 건강해서 난 얼마나 기쁜지 몰라. 그래도 힘들다 싶으면 언제든 얘길 하거라. 무리하면 안 되니까."

"저도 아버님이 늘 아껴 주셔서 행복해요."

"저 녀석이 대회에 신경 쓰랴, 부상에 신경 쓰랴, 아이를 가진 네게 배려는 제대로 하는지 모르겠구나."

"전 좋아요. 이렇게 곁에 있는 것만으로도."

"허허! 복도 많지. 저 녀석!"

과했던 걸까?

윤 여사가 제 남편을 째려봤다.

그녀가 아는 상도는 그렇게 자상한 남자가 아니었기 때문이다. 미안하다는 말은커녕 수고했다는 말조차 아끼는 남편이 며느리에게는 천하에 다시없을 좋은 시아버지 흉내를 내고 있으니, 얄밉지 않을 수 없었던 것이다.

그 불똥이 엉뚱한 데로 튀었다.

"딸도 좀 챙기시죠? 제 애비애미가 미국에 건너왔는데 얼굴도 비치지 않는!"

"오는 중이야."

"뭐죠? 그런 얘기를 물어봐야 겨우 들을 수 있는 건가요?"

"남의 집은 딸들이 엄마랑 단짝이라던데…."

"여보!"

"아들만 바라본 당신도 잘한 건 없다는 거지. 태희 녀석 요새 아주 엉망이라는데, 이번에 만나면 한국에 들어와 결혼할 생각이나 하라고 전해."

"네?"

"곧 서른이야. 나이도 나이지만 더는 겉돌면서 엄한 짓하고 다니지 못하게 해야지. 내가 말하는 것보다 당신이 타이르는 게 나을 것 같아서."

보영은 더는 반박하지 못했다.

태주와 6살 차이나 나기 때문에 어릴 때는 품에 끼고 살았다. 하지만 아들을 낳은 이후, 태희는 찬밥 신세가 되었다.

불길한 태몽도 태몽이려니와 어릴 때부터 유난히 잔병치레가 많아 태주 돌보는 데 모든 정성을 쏟았기 때문이었다.

게다가 어린데도 눈치가 빨랐던 태희가 얼마나 질투가 심한지, 아찔한 기억도 적지 않았다. 그래서 조기에 미국유학을 강행했는데, 그게 두고두고 후회되는 아픔이 되었다.

딸과 남들보다 못한 사이가 되고 만 것이다.

이제 태주가 제자리를 잡았기 때문에 늦었지만 딸과의 관계를 회복하는 것이 부부의 남은 숙제가 된 셈이다.

"우후! 이젠 티샷마저?"

"그립이 문제인 것 같아!"

"왜 적응이 안 되죠. 어젠 웬만했는데?"

"어젠 힘을 빼고 쳤잖아. 오늘은 네가 어제보다 욕심을 내는 것 같아."

"욕심이라고요?"

4번 홀까지 태주는 감을 잡지 못하고 있었다.

특히 4번 홀 티샷은 방향마저 잃었다.

479야드 파 4홀인데, 러프 중간에 섬처럼 떠 있는 페어웨이를 거쳐 2온을 해야 하는 세팅이다. 그런데 3번 우드를 잡고도 작지도 않은 페어웨이에 올리지 못했던 것이다.

홍 프로는 그립이 좋지 않음에도 힘이 과도하게 들어가는 것 같다는 소견을 냈으나 태주는 납득하기 어려웠다.

굳이 이유를 찾자면 상처 회복을 위해 언제나 해 오던 웝업 루틴을 무시하고 스윙 점검을 하지 않았기 때문인 것 같은데, 그마저도 확신이 들지 않았다.

그런데 꾀꼬리 같은 음성이 들렸다.

"오빠! 붕대 풀어!"

"응? 저 녀석!"

"폰이 뭐라는 거야?"

"붕대 풀라는데요?"

"정답에 가까운 건 맞지. 근데 정말 풀어도 될까?"

태주도, 홍 프로도 감히 확신하지 못했다.

그런데 그 정답도 폰이 알려 줬다.

"이제 남은 샷이라고 해 봐야 서른 번이야!"

"서른 번?"

"그렇지. 칩샷과 퍼팅을 빼면 힘이 들어갈 샷은 서른 번 정도 남았지!"

"그렇긴 하네요. 서른 번이라⋯."

태주의 머리는 빠르게 돌아갔다.

18홀을 돌면서 칩샷과 퍼팅을 뺀 티샷과 아이언샷의 횟수는 다 합쳐도 마흔 번이 되질 않는다.

레귤러 온을 기준으로 파 5홀에서 3번, 파 4홀에서 2번, 파 3홀에서는 1번만 휘두르면 된다. 실전 경기에서 마흔 번을 넘긴 적이 거의 없었다.

게다가 4번 홀 티샷까지 마친 상황이라 서른 번의 샷만 버텨 내면 된다는 폰의 말은 이후 공략에 대한 희망을 줬다.

"메디컬 팀을 불러 주세요."

"오케이!"

그사이 태주는 경기위원에게 말해 폰의 접근 허락을 받았다. 붕대를 풀 때, 녀석이 가까이 있으면 나을 것 같다는 생각을 지울 수 없었기 때문이다.

붕대를 직접 푼 메디컬 팀은 태주의 얼굴과 상처를 번갈아 쳐다봤다. 그들은 어제도 태주의 상처를 확인한 사람들이다.

봉합 부위가 터져 살이 너덜너덜한 것을 봤고 부들부들 떨면서도 경기를 끝낸 게 믿기지 않았는데, 하루 만에 거의 아문 상처를 마주하는 것이 현실감이 떨어졌던 것이다.

"오호! 상당히 호전되었네요!"

"속살은 아직 아물지 않았습니다."

"그러네요. 그래도 하루 만에 이렇게 상처가 아무는 경우는 처음 봅니다."

"오늘 하루도 잘 좀 부탁드립니다."

"힘내십시오. TJ!"

"고맙습니다."

닥터의 말을 받아 주지 않을 수 없었다. 그의 판단 여하에 따라 메디컬 체크 시간을 벌 수도, 잃을 수도 있기 때문이다.

타수를 줄여도 시원찮을 홀을 지나왔지만, 되레 1타를 잃은 태주는 현재 −12였다. 디샘보가 2번 홀에서 버디 하나를 낚아 −10이 되었지만 가장 위협적인 맥길로리는 잃지도, 벌지도 못해 불안한 1타 차 선두가 유지되고 있는 상황이었다.

다행히 메디컬 팀은 제 역할이 부각되는 것에 만족하는 눈치였다. 치료할 때마다 화면에 자신들의 모습이 함께 비치고 있는 것에 대한 자부심이 작용한 것 같았다.

그 와중에 폰의 무대포식 잔소리를 들어야 했다.

"생각이 없어요! 생각이!"

"크크크. 왜?"

"적응이 안 되면 변화를 구해야지. 1번 홀에 이어 2번 홀 세컨샷까지 뒤땅을 때렸으면 그때 결정했어야 하는 거 아냐?"

"무슨 결정?"

"붕대 푸는 거."

"우리가 답답해 보였으면 네가 진즉에 나섰어야지. 이제 와서 그런 소리는 뭐 하려 해!"

"그렇긴 하네. 내가 계산이 좀 느리잖아. 흐흐흐."

"근데 너, 왜 점점 더 말이 짧아지지? 이러다 곧 친구 하자고 하겠는데?"

"에이! 내가 뭐가 아쉬워서 여섯 살 차이가 나는 아저씨랑 친구를 해! 꿈도 야무지네!"

"헐!"

태주는 기가 막혀 했지만 홍 프로는 배를 잡고 웃었다.

서툰 한국어와 태국어를 섞어서 말하는데, 그녀의 반말은 친근감의 표시, 그 이상도 이하도 아니었기 때문이다.

하지만 폰의 말을 통해 깨닫는 바도 있었다.

겨우 6살 차이라는 거, 그런데도 확실한 거리를 두는 녀석의 행동이 마냥 귀여웠고 남자로 보지 않는 것이 얼마나 다행인지 고마울 따름이었다.

더 주목할 점은 녀석도 볼 수 있는 판단을 내리지 못한 사고의 편협함을 인지하게 된 것이다. 오랜 훈련과 자신감은 평소에는 힘을 발휘하지만, 변화에 매우 취약하다는 것을 인정할 필요가 있었다.

"이미지 스윙을 많이 해!"

"아이고! 이젠 선생질까지?"

"또 이런다! 그런 사람을 꼰대라고 부른다며?"

"큭! 알았어."

유라에 이은 강적이 출현했다.

여자에게 약한 캐릭터는 이제 털었다고 자부했는데, 어쩌면 폰에게는 평생 이기지 못할 것 같다는 생각이 들었다.

다행이라면 녀석이 자신을 바른 길로 인도하고 있다는 것이었다. 서툴고 투박할지언정 틀린 말은 하지 않았다.

그래서 머리를 헝클어 줬는데, 꼬집히고 말았다.

질색한다는 것을 알았지만 수많은 시선이 몰린 곳에서 스타일이 망가지는 것은 견디지 못하겠다는 표현인 셈이었다.

"아파! 인마."

"그거 못된 버릇이야!"

"그러게 누가 그렇게 귀여우라고 그랬어!"

"크! 내가 한없이 귀엽긴 하지. 그래도 조심해!"

"태주야. 이제 가야 해."

"네. 너 멀리 가지 말고 계속 가까이에서 잔소리해 줘."

"싫어! 목 아파."

이랬다저랬다 제멋대로였지만 그 통통 튀는 성격은 대체 누굴 닮았는지 이해가 되질 않았다.

자신도, 아리야도 그런 성격은 아닌데 말이다.

하지만 고마웠다.

어두침침하고 자기만 아는 이기적인 성격이 아닌 것이.

붕대를 풀자 태주는 날아갈 듯 몸이 가벼웠다. 러프에서 때린 쉽지 않은 샷이 핀에 바짝 붙는 순간, 소름이 돋았다.

드디어 완벽한 컨디션이 되돌아왔기 때문이었다.

잃었던 타수를 되찾았는데 묘하게도 동반자들도 모두 버디를 낚으면서 타수 차는 그대로 유지가 되었다.

"셋 다 버디라니!"

"네가 버디를 낚지 못했다면 매우 위험했다는 얘기지."

"그렇게 되나요?"

"전반에 2타만 더 줄여 도망가자."

"좋습니다."

- 와우! 역시 그립이 문제였군요!

- 네. 214야드를 5번 아이언으로 공략하는 걸 보면 부상은 문제가 되질 않는 것 같습니다.

- 메디컬 팀으로부터 새로운 소식이 전해졌는데, TJ의 부상이 우리가 예상하던 것보다 훨씬 좋다고 합니다.

- 절제 수술을 했고 어제 무리를 했는데, 워낙 건강한 체질이기 때문일까요? 어떻게 찢어진 살이 하루 만에 아물 수가 있죠?

- 온전한 상태는 아니라고 하지 않습니까! 멀쩡했다면 첫 홀부터 붕대를 풀었겠죠. 샷이 좋다고 흥분하지 않았으면 좋겠습니다.

- 아! 그게 관건이겠군요.

중계진의 찬사가 쏟아진 이유는 앞선 두 선수가 겨우 온 그린에 성공한 반면, 태주는 벙커를 넘기는 위험을 무릅쓰고 핀을 바로 노리는 공략에 성공했기 때문이었다.

오르막 경사를 남겼고 3야드에도 미치지 못하는 거리였기에 연속 버디에 대한 기대감이 한껏 올라갔다.

하지만 흥미로운 광경은 그 다음에 펼쳐졌다. 태주가 기세를 올리자 다급해진 경쟁자들의 실수가 터지기 시작했다.

- 어? 너무 세지 않나요?

- 네. 오르막 최고점까지만 보내 경사를 태우면 되는 퍼팅인데, 로리답지 않은 플레이가 나왔습니다!

- TJ의 상승세에 영향을 받은 거겠죠?

- 부정할 수 없습니다. 붕대를 푸는 순간 확 달라진 TJ가 남다른 진면목을 드러내자 부담이 된 것으로 보입니다.

- 남다른 진면목이요? 그 표현 멋지네요.

실제 맥길로이의 퍼팅은 홀컵을 지나 에이프런까지 굴러갔다. 경사가 있다지만 11야드 퍼팅 결과가 9야드로 바뀐 것에 충격 받지 않을 선수는 없다.

벌겋게 달아오른 그의 혈색이 말해 주듯.

그런데 방향은 조금 다르지만 경사는 비슷했던 디셈보도 어이없는 퍼팅 스트로크로 팬들의 탄식을 불러왔다.

앞선 선수의 퍼팅이 영향을 미쳤다지만 오르막 정점에 오르지도 못하고 멈춘 스트로크는 아마추어를 연상케 했다.

"쟤는 덩치값을 못 하네!"

"이모는 어떻게 생각하세요? 벌크 업?"

"난 과욕이라고 생각해. 부모님이 물려주신 타고난 몸에 훈련을 통해 자연스럽게 붙은 근육이 최고지."

"의도적인 근육 늘리기는 부작용이 더 크다는 거죠?"

"다른 운동도 마찬가지지만 골퍼는 제 몸을 얼마나 잘 컨트롤할 수 있느냐가 관건이잖아. 저렇게 몇 달 만에 갑자기 키운 근육을 어떻게 통제할 수 있겠어."

"훈련으로 메울 수는 있겠지만 그 한계가 뚜렷하겠죠. 조금만 게을러도! 저도 그 의견에 동의합니다."

"어라? 뭐 하냐? 쟤?"

수다가 예상보다 더 길어졌다. 파3 홀에서 티샷 한 번 잘해 놨을 뿐인데, 그 결과가 일파만파로 번지고 있었기 때문이다.

둘이 두 번씩 번갈아 가며 퍼팅을 해도 한참이 걸린다. 프로들이 가장 많은 시간을 소모할 때가 그린 플레이이기 때문인데, 디섐보의 파 퍼팅이 이번에는 터무니없이 길었다.

태주보다 더 먼 거리를 남겼으니 최악의 결과라고 말해도 부족하지 않았다. 위치까지 엇비슷해 태주의 좋은 가이드 역할을 하게 된 점도 유리하게 작용했다.

그의 보기 퍼팅이 왼쪽으로 살짝 빠져나가는 것을 확인하며 눈에 보이지 않는 숨은 라이도 찾아낸 것은 행운이었다.

정확하고 과감한 퍼팅으로 홀컵 뒷벽을 때리는 청아한 소리를 만들어 낸 순간, 비명에 가까운 팬들의 환호성이 필드를 들썩이게 만들었다.

- 골프가 한 치 앞을 알 수 없다지만, 정말 너무하네요!
- 프랭크. 갑자기 그게 무슨 말씀입니까?
- 전 방금 전까지 우승의 향방을 가늠하기 어렵다고 생각했습니다. 그런데 이게 어떻게 된 겁니까? 잠시 잠깐 사이에 3타 차까지 벌어졌습니다. 보고도 믿기지가 않아서요.
- 어제는 컨디션이 좋았던 맥길로이가 오늘따라 힘겨워 보였기 때문에 디샘보가 우승에 더 근접한 것처럼 보였죠. 하지만 파 3홀의 더블보기가 정말 끔찍했습니다.
- 네! 1온에 4퍼팅이 말이 됩니까! 아마추어 같은 플레이였죠. 정겨운 라이벌 켑카와 나란히 -9가 되었으니 이젠 누가 이길지 그거나 신경 써야 할 것 같습니다.

브라이슨 디샘보에겐 모욕적인 표현이었다.

아마추어 같은 플레이라니!

하지만 아무도 이의를 제기할 수 없었다. 아무리 유리알 그린이라도 투어프로라면 그런 실수는 하지 말아야 한다.

경기를 포기한 것도 아니고 우승을 노리는 시점이기에 더 강한 정신력으로 위기를 이겨 내야 하는 게 프로다.

부상을 입어 담당의가 경기를 포기할 수밖에 없다고 장담했던 태주가 펄펄 날고 있었기 때문에 더 초라해 보였다.

붕대를 풀자마자 바로 2타를 줄여 여유를 찾은 태주는 다시 신중 모드로 돌입했다. 이제 가장 중요한 것은 샷에 방해가 되는 부상이 도지는 것을 막는 것이었기 때문이다.

-14 TJ KIM
-11 로리 맥길로이
-10 재크 존슨, 임성재
-9 브라이슨 디샘보, 브룩스 켑카

"그래! 샷이 살아 있네!"

"부상은 괜찮은가 봐요. 어떻게 그럴 수 있는지 이해할 수 없지만."

"평범하지 않다는 의미지. 인간의 몸은 그럴 수 없거든!"

"그가 만약 할아버지가 예상하시는 홀리 세인트라면 그놈들의 수작 따위는 가볍게 넘어야 하지 않나요?"

"위대한 인간도 아기 때는 한낱 미물과 다르지 않아. 각성하고 힘을 갖추기 전까지 누군가의 보호가 필요하지. 난 그 역할을 내가 할 수 있다는 사실에 감사해!"

올리비아도 태주를 존중한다.

하지만 그건 불굴의 의지와 철저한 자기관리를 통해 위대한 역사를 써 내려가는 투어프로이기 때문이지, 브라운 회장이 생각하는 그런 신비한 인물이라고는 생각지 않았다.

그건 게리 가문에 대한 자부심을 스스로 낮추는 어리석은 판단이라고 생각했다. 나이가 들어 심약해진 할아버지의 조바심이 낳은 착각일 가능성을 염려했다.

하지만 태주를 보호하는 일은 필요하다고 생각했다.

정당한 승부를 방해하는 것은 옳지 않기 때문이며 그 세력이 날로 강성해져 가문을 무시하는 행태로 변질되는 꼴은 눈뜨고 볼 수 없기 때문이었다.

"로키는 아직 도착하지 않은 게냐?"

"그게 아직⋯."

"올리비아. 후회할 짓 하지 말거라."

"네? 그게 무슨 말씀이세요?"

"TJ가 동양인이라서 무시하거나 그의 존재감을 망각하지 말라는 말이다. 지금도 네 녀석은 로키가 제때 움직이지 않아도 별일이 없을 것이라고 생각하지?"

"아니네요. 제가 왜?"

"장담컨대 곧 상황은 벌어질 게다. 우리가 실패한 일을 마틴이 해낸다면…. 아니, 그마저도 실패해 TJ에 문제가 생긴다면 우린 두고두고 아쉬워질 게다."

올리비아는 머리 숙여 송구한 마음을 표하고 한가한 곳으로 움직였다. 대체 왜 지시한 시간이 다 되도록 로키의 팀이 나타나지 않는 것인지 확인하기 위해서였다.

일을 맡긴 브라운으로서는 자신을 탓할 수밖에 없는데, 우려하던 일이 벌어지든 그렇지 않든 할아버지의 신뢰를 크게 잃은 것 같아 속이 상했다.

늦으면 늦어지는 이유라도 파악해야 했는데, 붕대를 푼 태주가 훨훨 날기 시작하자 아무 생각 없이 관전만 했다.

그런데 할아버지의 말을 듣고 갑자기 조급해졌다. 다른 건 몰라도 헬렌이 공을 세우는 꼴은 보고 싶지 않았기 때문이다.

그런데 비서가 달려와 말했다.

"회장님께서 직접 움직이시려는 것 같습니다!"

"뭐라고요?"

서둘러 브라운을 따라갔다.

그런데 눈앞에 혼란스러운 장면이 눈에 들어왔다.

주최 측이 동원한 안전요원들이 일단의 무리를 둘러싸고 언쟁을 벌이고 있었다. 보기만 해도 속이 거북한 리처드와 마리아, 그리고 그들의 가드들을 쫓아내려는 것 같은데, 고분고분 말을 듣지 않고 있었다.

그사이 필드에서도 희한한 장면이 연출되었다.

563야드 파5 홀에서 338야드 티샷을 페어웨이에 안착시켜 탄성을 자아낸 태주가 2온을 위한 샷 루틴을 밟고 있었다.

그런데 어드레스를 취하고 테이크백을 하다 말고 자세를 풀고 물러났다. 한 번이면 그럴 수 있지만 연거푸 두 번이나 같은 장면이 반복되자 장내는 소란해질 수밖에 없었다.

급기야 경기위원의 경고까지 나왔다.

"뭔 일이야?"

"누군가 레이저라도 쏘는 것 같습니다."

"누가?"

"일단 샷부터 할게요."

샷 루틴에 돌입하면 무아지경에 들어야 한다.

귀를 막고 오로지 본연의 스윙에만 집중하는데, 테이크백을 할 때 갑자기 등에 따끔했다.

무시할 수 없는 신호였기에 처음에는 근육이 뭉치거나 몸이 피곤해서 나타난 일시적 현상이라고 판단해 자세를 풀었다.

그런데 두 번째는 그립을 잡은 왼손 팔꿈치에 누가 송곳으로 찌르는 것 같은 극한 통증이 느껴졌다.

샷을 해야 한다는 생각은 들었지만 그대로 휘두르면 미스 샷이 나올 게 뻔했기 때문에 멈추지 않을 수 없었다.

실제 확인한 팔꿈치에는 선명한 자국이 남아 있었다. 피가 터지진 않았지만 겉과 다른 속은 근육이 파열된 것 같았다.

그 와중에 경기위원의 경고까지.

'집중! 샷에만 집중하자!'

머리가 혼란스러웠다.

도저히 있을 수 없는 일이 벌어졌기 때문이다.

누군가 레이저를 쏜 것 같다는 말은 착각이나 실언이 아니었다. 반 팔을 입었기 때문에 선명하게 남은 상처가 증명해 줬다.

그래도 지금은 그걸 신경 쓸 상황이 아니었다.

손바닥 통증이 느껴지지 않을 만큼 극심한 통증이 있었지만, 태주의 세컨샷은 스윙 플레인과 한 치의 어긋남도 없이 날았다.

- 와우! 228야드를 4번 아이언으로 가볍게 올려 버리는군요! 그런데 조금 전의 상황은 뭐죠?

- 부상이 도진 것 같습니다.

- 그렇다면 저런 샷을 날리는 게 가능한가요?

- 그래서 더 위대한 게 아닌가 싶습니다. 누가 이상한 말

한마디만 건네도 영향받는 것이 골프인데, 수술한 손으로 저런 환상적인 샷을 만들어 내다니, 그저 존경스러울 뿐입니다.

- 하지만 부담이 클 것 같습니다. 이번에는 경고에 그쳤지만, 차후에도 같은 일이 반복되면 경기위원도 벌타를 부과하지 않을 수는 없지 않겠습니까!

- 네. 그게 문제네요. 만약 부상 때문이라면 메디컬 타임을 효과적으로 활용할 필요가 있어 보입니다. 그건 규정에 따른 선수의 정당한 권리니까요!

사실 챔피언 조만 플레이가 늦어진 건 아니다.

앞선 선수들도 최종일에 타수를 버는 이들보다 잃는 이들이 더 많았다. 거센 바람의 영향을 받았고 이제 적응할 만하니까 세팅을 최대한 꽈 놓아 실수를 용납하지 않는 코스가 되어 있었기 때문이다.

그런데도 앞 조와의 간격이 적잖이 벌어졌기 때문에 프랭크의 우려가 헛소리라고 할 수도 없었다.

다만 부상을 입은 선수들에게 허용되는 메디컬 타임을 적절히 활용해야 하는데, 그것과 다른 상황이 펼쳐지고 있다는 것이 문제였다.

"너 여기 왜 그래?"

"모르겠습니다. 갑자기 확 쑤시는 통증이 생겨 확인했는데, 근육이 파열된 것 같아요."

"왜?"

답을 낼 수 없었다.

홍 프로는 태주의 이상한 행동에 이유가 있을 것이라고 봤고 곧바로 왼손 팔꿈치에 난 이상한 상처 자국을 발견했다.

근육이 파열되었다는 말에 울상이 되었다. 그런 상태로 스윙을 하는 것이 얼마나 힘든 일인지 알고 있었기 때문이다.

하지만 문제는 왜 갑자기 그런 상처가 생겼냐는 점이다.

상상하기도 힘들지만 행여 부상을 무릅쓰고 강행군을 펼쳐 몸에 무리가 생겨 발생한 것이라면 더 큰일이었다. 이제라도 멈춰야 하는 건 아닌지 그 생각부터 들었기 때문이다.

"흐흐흐. 난 놈일세!"

"웃을 때가 아닙니다. K."

"그럼 울까?"

"빅 보스가 보고 계십니다. 확실한 결과를 얻을 때까지 마음 놓을 수 없다는 거 명심하십시오."

"이 새끼가!"

그 대화를 나누고 있는 두 남자의 조합은 기이했다.

더글라스는 체구가 좋은 백인 남성이었다. 하지만 그에게 눈을 부라리는 남자는 체구도 작고 나이도 많은 흑인이었다.

다만 날씨 좋은 대낮에 사람들도 많은 축제의 장에서 흔치 않은 후드 티를 뒤집어쓰고 있어 더 눈에 띄는 복색이었다.

그러나 거친 없는 욕설에 퀭한 눈빛 한 방에 더글라스는 고개를 푹 숙이고 죄송하다는 말을 반복했다.

놈이 바로 리처드의 호출을 받은 능력자, 닥터 K였다.

리처드와 같이 염력을 사용하는 자인데, 아무런 사전 동작이나 준비 없이도 원하는 타격을 만들어 냈다.

"이미 저자의 왼팔은 병신이야. 얼마나 버티는지 지켜보는 것도 재밌지 않을까?"

"네…."

"덕, 넌 왜 항상 그 모양이냐? 하기야 능력이 미천하니까 그 노인네 밑이나 핥고 다니는 거겠지. 크크크."

닥터 K의 수작을 확인했기 때문일까?

실랑이를 벌이던 리처드는 손을 휘휘 저었다.

더는 주최 측 안전요원들과 충돌하지 말라는 의미였다.

그리고는 먼저 발걸음을 뗐는데, 그가 향한 곳은 두려운 눈빛으로 그 광경을 지켜보고 있던 사람이었다.

대회를 주관하고 최종 책임을 지는 PGA 커미셔너 제이모나한은 리처드가 자신을 향해 다가오자 이를 악물었다.

"헬렌."

"걱정하지 마세요. 당신은 법대로 처리한 겁니다. 어디 감히 신성한 필드에 총기를 휴대한 자들을 들입니까!"

"추후 보복은 없겠죠?"

"감히 누구한테 보복을 한단 말입니까? 아무리 개차반이라도 판을 깰 재주는 없습니다. 그리고 이건 제 아버지가 내린 결정입니다."

"아! 마틴 문."

"네. 원하시면 당분간 저희 요원을 붙여드리겠습니다."

"감사합니다."

리처드는 한참 떨어진 지점에 서서 작전상황을 체크하고 있는 커미셔너에게로 걸어왔다.

하지만 그저 씩 웃고 지나쳤을 뿐, 위협은 없었다.

다만 주름이 자글자글한 뱁새눈으로 지어낸 그 어색한 미소는 웃음이라고 단정하기 어려웠다. 굳이 적당한 의미를 찾자면 비웃음이라고 해야 할 것 같았다.

마저 픽 웃어 준 헬렌과는 달리 단단한 각오를 다졌음에도 그의 등줄기에는 땀방울이 맺혀 또르르 흘렀다. 그가 스쳐 가는 순간, 스산한 기운이 전신을 뒤덮었기 때문이었다.

겁이 나 뒤돌아보지도 못했는데, 헬렌의 비서가 다가왔다.

"헬렌. 회장님이 부르십니다."

"네. 고마워요, 제이. 오늘 협조는 잊지 않을게요."

"아까 말한 요원이나 붙여 주십시오. 아주 탄탄한 자로."

"그러죠. 근데 필드가 왜 저렇게 소란하죠?"

"제가 가 보겠습니다."

"그럼 이따 봐요."

손바닥에 이어 팔꿈치 부상까지 입었지만 2온에 성공한 태주는 안전하게 붙여 버디를 하나 더 추가했다.

맥길로이도 3온 1퍼팅에 성공하며 버디를 추가해 3타 차가 유지되었지만, 디섐보는 이번 홀에서도 티샷이 벙커에 빠진 뒤 나이스 샷이 실종되면서 파에 머물러야 했다.

다들 헤매고 있지만 그 와중에도 타수를 줄이는 선수가 한 명 더 있었다. 공동 2위까지 치고 올라온 임 프로였다.

어린 나이에도 불구하고 PGA 투어프로 동료들이 뽑은 차세대 스타로서 손색이 없는 안정적인 기량을 선보인 것이다.

"성재가 2위까지 치고 올라왔네?"

"네. 꾸준한 성적을 내니까 페덱스 포인트 상위권에 위치한 거겠죠."

"성격이 무던한 게 장점인 것 같아."

"무던함 속에 숨은 의지가 대단하다고 보는 게 더 적절할 겁니다. 비슷한 기량을 보이던 그 누구도 이루지 못한 길을 가고 있는 거잖아요."

"네가 다 가린 셈이지. 흐흐."

홍 프로는 일부러 부상을 언급하지 않았다.

왜 궁금하지 않겠는가!

가장 두려운 부분이며 차라리 자신이 다치는 것이 낫다고 소리치고 싶을 것이다. 하지만 화제를 돌려 신경을 딴 데로 옮기게 하려는 의도가 보여 태주도 그걸 따라 주고 있었다.

같은 시각, 헬렌과 마틴은 괴상한 조합을 발견하고 그들의 처리에 대한 의견을 나누고 있었다.

"보는 눈이 너무 많아요."

"그래도 끌어내야 해."

"이미 손을 썼는데, 또 무리를 할까요?"

"겨우겨우 버티고 있는 게 네 눈에는 보이지 않느냐?"

"그럼 하는 수 없네요."

준비는 이미 해 뒀다.

다만 미연에 방지하지 못한 것이 아쉬울 뿐.

헬렌이 손짓하자 두 여자가 움직였다. 쉴 새 없이 시시덕 거리며 태주를 바라보고 있던 더글라스와 닥터 K에게.

과격한 작전은 불가했다.

워낙 많은 사람들이 몰려 있고 증거도 없기 때문에 강제로 끌어내는 것은 하수라고 판단한 것이다.

잠시 후, 갑자기 큰 소란이 일었고 두 남자는 좌중에게 둘 러싸여 비난에 직면하고 말았다.

노파의 생생한 증언이 사방에 울려 퍼졌고 두 손으로 얼굴을 가린 풍만한 여성이 펑펑 울고 있었기 때문이다.

"야! 내가 언제 만졌다고 그래!"

"이놈! 이 쓰레기 같은 놈! 내 딸의 가슴을 움켜잡는 걸 나도 다 봤는데, 어디서 발뺌이야! 경찰 좀 불러 주세요! 경찰!"

"이 미친 노파가!"

닥터 K는 부정하는 것에 그쳤지만 억울했던 더글라스는 길길이 날뛰는 노파의 수작에 홀딱 넘어가고 말았다.

그게 아니라고 항변하며 그저 몸에 손을 갖다 댔을 뿐인데, 노파의 연기가 끝장이었다. 닿은 순간 뒤로 발라당 넘어지면서 사람을 때린다고 고래고래 비명을 질러 댔다.

정확한 상황을 보지 못한 이들의 편견은 무서웠다.

삽시간에 치한으로 몰아세웠고 경찰이 도착하기 전까지 도망치지 못하게 해야 한다면서 그 둘을 빙 둘러쌌다.

평범한 이들이라면 꼼짝없이 당했을 것이다.

하지만 비범한 능력을 가진 자들의 교만함이 고개를 쳐든 순간, 노파는 벌건 피를 울컥 토하며 쓰러지고 말았다.

결국 둘은 경찰에 의해 끌려가고 말았다.

만약 노파가 피를 토하며 쓰러지지 않았다면 수갑을 채우진 않았을지도 모른다. 사실관계를 파악할 필요가 있으니까.

하지만 연기파 배우 뺨치는 행동에 이어 피를 본 좌중은 흥분을 감추지 못했고 이미 치한으로 낙인을 찍어 버렸다.

다만 노파의 상태가 매우 좋지 않아 보였다.

"미친놈들이 맞군!"

"네. 벌건 대낮에 저런 짓을 벌인다는 것은 그들이 이미 선을 넘었다는 걸 의미해요."

"저 여성분의 치료에 신경 쓰거라."

"네. 그리고 DS(Decapitation strike- 참수 작전) 시행할 게요."

"…빈틈이 없어야 할 것이다!"

고개를 끄덕였지만 마틴의 표정은 어두웠다.

사전에 감을 잡았음에도 태주의 추가 부상을 막지 못했던 것처럼, 참수 작전도 기대한 만큼의 결과를 내기 어렵다는 느낌이 강했기 때문이다.

하지만 더는 두고 볼 수 없었다.

리처드가 주도하는 골드핸드의 세력 확장은 이미 도를 넘은 지 오래였고, 수차례 견제해야 한다는 의견이 올라왔었다.

그때마다 마틴은 강하게 만류했다. 어두운 세력과의 알력 다툼이 양지로 나서고자 하는 일련의 사업에 악영향을 미친다는 판단을 내렸기 때문이었다.

그런데 아무리 억울해도 백주대낮에 암습을 가할 만큼 세력에 대한 신뢰가 크다면 더 일찍 손을 보지 못해 일을 더 키운 게 아닌지 의구심이 들었다.

말릴 수 없는 이유였다.

'저놈들 짓인가?'

경기에 집중해도 모자랄 판이다.

하지만 태주는 산만했다. 팔꿈치 부상은 아무리 되짚어 봐도 인위적인 결과라고 생각되었기 때문이다.

만약 누군가 자신을 음해한다면 이대로 당할 수는 없다는 생각을 했다. 믿기지 않지만 자신의 빙의, 환생도 정상적이지는 않았기에 상식선에서만 머물 수 없었다.

그러던 차에 뜻하지 않은 소란이 일었고, 경기를 지속하면서도 그곳에 시선을 뒀다. 그러다 마틴과 헬렌을 발견했다.

안도의 한숨을 내쉬는 그들을 보며 감을 잡았다. 일련의 사태는 현실이었고 그에 맞서 움직이고 있다는 것을.

"오빠! 정신 차려!"

"어?"

"피가 나잖아!"

"태주야! 메디컬 체크!"

이제 9번 홀 플레이를 진행하고 있었다.

아직 절반도 지나지 않았는데, 손바닥 상처가 터졌다. 팔꿈치도 정상이 아니건만 엎친 데 덮친 격이었다.

폰타나가 소리를 질러 인지하게 되었고 홍 프로는 그 즉시 메디컬 체크를 요청했다. 문제는 이 상황이 너무 번거롭고 짜증스럽게 느껴진다는 점이었다.

오늘만 벌써 3번째 메디컬 체크였고 그로 인해 이제 앞 조의 꽁무니도 보이질 않았다. 경기 외적인 요인 때문에 자신의 골프를 펼치지 못할뿐더러 민폐까지 끼친다는 생각이 들었다.

"태주야. 진정해."

"진정하기 참 어렵네요. 이게 대체 무슨 꼴이냐고!"

"지금은 피치 못할 상황이잖아. 이럴수록 더 마음을 다잡아야지."

태주가 인상을 구기고 있자 홍 프로가 진정시키려 애를 썼다. 여러 가지로 심란한 상황이지만 거기에 휩쓸리면 상황이 더 악화될 게 명약관화했기 때문이다.

웬만해서는 이럴 성격이 아님을 알기에 더더욱 염려되었다.

얌전하게 태주의 손바닥을 살펴보던 폰이 느닷없이 팔꿈치를 어루만졌다. 지레 움찔했던 태주는 마주친 폰의 눈빛을 보는 순간, 날뛰던 심장이 차분하게 가라앉는 느낌을 받았다.

'이 녀석은 대체….'

"오빠. 손바닥보다 이게 더 문제인 것 같아!"

"어떻게 알았어?"

"스윙이 달라졌는데 어떻게 몰라! 그래도 잘 치던데?"

"언제까지 버틸지 모르겠다."

"버틸 거야. 걱정하지 말고 한 샷 한 샷에만 집중해."

"도저히 안 되겠다 싶으면?"

"그땐 접어야지. 하지만 그럴 일은 없을 거라고 생각해!"

누가 이렇게 확신할 수 있을까?

같은 심정이지만 곁에 있던 홍 프로도 놀란 표정이었다.

어리기에 이 상황이 더 당황스러울 것 같은데, 오히려 누구보다 침착하게 태주를 진정시키고 있지 않은가!

흥미로운 건 폰과 이야기를 나눈 뒤, 차분하게 변한 태주의 얼굴이었다.

짜증은커녕 불편한 몸을 일으키며 스트레칭까지 했다.

그리곤 거침없이 달리기 시작했다.

"유라야. 폰 좀 불러 봐."

"네."

"왜 그러는데?"

"우리 아들 상황이 어떤지 궁금해서요."

"잘하고 있잖아. 그러니까 웬만하면 울지 마. 안 그래도 힘들 태주 마음을 편하게 해 주는 게 좋지 않을까?"

"알았어요."

그래도 아들 걱정에 여념이 없는 윤 여사는 폰에게 꼬치꼬치 물었다. 상도는 대충 어느 정도인지 가늠되어 걱정만 키울 것이 염려스러웠는데, 폰의 영리함에 흐뭇했다.

엄마의 마음을 이해하는지 경기를 하는 데는 아무 문제가 없다고 전했기 때문이었다.

보영은 그 말을 믿을 수밖에 없었다. 왜냐면 이후 태주는 마치 부상이 없는 사람처럼 나이스 샷을 연발했기 때문이다.

11, 12번 홀에서 연속 버디에 성공하며 2위와의 타수 차를 4타로 벌리면서 승부에 쐐기를 박았다.

- 이번 버디로 더는 위협받지 않을 확고한 위치를 선점한 것 같습니다.

- 6개 홀이 남은 상황에 4타 차는 크죠!

- 경기를 먼저 끝낸 선수들 중에 언더파는 단 2명뿐입니다. 그런데 의사로부터 경기를 포기해야 한다고 진단받은 TJ는 지금 -4를 치고 있네요. 이게 말이 되나요?

- 경솔했다고 의사를 탓할 수도 있지만 전 그렇게 보지 않습니다. TJ KIM의 부상은 엄연한 사실이고 웬만한 선수였다면 포기했을 겁니다. 하지만 그는 포기하지 않았습니다!

- 불굴의 의지를 거론하시는 거군요. 하지만 저도 생각이

다릅니다. 3일 내내 단독 선두를 유지한 게 아까워서 어떻게 포기합니까! 명예와 돈이 눈앞에 있는데!

프랭크의 그 발언은 팬들의 거센 질타를 받았다. 그동안 따 놓은 점수를 한 방에 날려버리는 것 같은.

물론 그렇게 볼 수도 있다. 하지만 방송에서 논하기 적절하지 않으며 부정적인 시각을 들이댈 만큼 태주의 투혼이 값싸 보이지 않았기 때문이다.

이런 노력과 애정은 종목 여하를 불문하고 팬들의 깊은 감동을 불러올 좋은 소재인데, 방송캐스터가 초를 쳐 분위기를 식혀버리는 것은 이래저래 좋아 보이지 않았던 것이다.

화끈하게 달아오른 팬들의 반발에 자신도 TJ 열성 팬이라고 항변했지만, 잘못 놀린 혓바닥 때문에 하차 위협까지 염려해야 할 것 같았다.

"이런! 이런!"

"저라도 움직일까요?"

"네가? 아서라. 아까의 소란 때문에 경계가 강화되었어."

"닥터 K. 그놈은 무슨 일을 이따위로 처리한 거죠?"

"충분하다고 생각했을 게다. 끝까지 지켜보다가 아니다 싶으면 재차 손을 쓰려고 했겠지."

"게리 놈들을 견제하느라 드래프트의 움직임을 놓친 게 실수였어요. 그래도 닥터 K만 확실하게 처리했다면…."

"책임을 회피하겠다는 게냐?"

"아빠!"

"한심한 것들! 내가 손을 쓸 수도 없고…."

필드에서 쫓겨난 리처드는 클럽하우스 레스토랑에서 TV 방송 중계를 보고 있었다. 경기가 열리는 골프코스까지 와서 이게 무슨 꼴인지, 한심스러웠을 것이다.

마리아의 책임까지 추궁했지만 끝내 손을 쓰지 않기로 결심한 것은 닥터 K도 할 만큼 했다고 판단했기 때문이었다.

K의 염력은 그저 사물을 움직이는 수준이 아니다. 목표한 타깃에 화살을 박는 것 같은 심각한 타격을 가할 수 있다.

TJ의 팔꿈치에 놈의 염력이 타격되는 것을 직접 목도했다. 때문에 복합적인 부상을 견디기란 불가능하다고 판단했다.

하지만 태주는 그걸 이겨 내고 연이은 굿 샷을 날리고 있었다. 존재감을 확인했고 상당히 관심 어린 눈으로 바라봤다.

"골프가 이렇게 재미있는 운동이었어?"

"어렵죠. 그래서 더 사람들이 열광하는 것 같아요."

"그럼 가져야겠다!"

"네에?"

"잘 들어."

리처드는 두 가지 방향을 제시했다.

일단 현역 투어프로들 중에 P.K 감응이 있는 자들을 포섭하라고 지시했고, 블랙핸드들 중에 둘을 선별해 골프에 투입하라는 지시였다.

한심하다는 비난을 받은 마리아는 이번 지시에 관심을 드러냈다. 다른 종목은 몰라도 골프는 좋아하기 때문이며 잃은 신뢰를 회복할 좋은 기회라고 판단한 것이다.

"너 정말 괜찮아?"

"괜찮다니까요."

"밴드라도 갈자. 피가 멈추질 않잖아."

"마지막 홀에 도착하면 그때 하죠."

"과다출혈로 쓰러질까 봐 그러지."

"저 그렇게 허약한 남자 아닙니다."

"아! 미치겠네!"

홍 프로는 안달이 났다.

어제처럼 두 홀에 한 번 정도 메디컬 체크를 받으면 좋겠는데. 태주가 받아들이지 않았기 때문이다.

오죽하면 맥길로이가 권했을까?

그런데도 꿈쩍하지 않았다. 터진 상처에서 배어 나온 피가 밴드는 물론 장갑까지 흥건히 적셨지만 개의치 않았다.

허약한 남자가 아니라고 스스로 각오를 다졌지만, 지금처럼 계속 피를 흘리면 버틸 수 없는 것이 인간의 육체다.

그걸 모르지 않을 텐데도 그냥 강행하는 것이 안타까웠다.

그때 그녀의 뇌리에 폰이 떠올랐고 16번 홀 티그라운드에 다다라서야 겨우 찾아내 구조신호를 보낼 수 있었다.

그런데 막상 다가온 사람은 폰이 아니라 유라였다. 경기위 원도 그녀를 알아봤는지, 대화를 시도하는 것을 막지 않았 다.

"똘!"

"어? 당신?"

"체크 받아!"

"괜찮아. 아직은 버틸 만해."

"내가 안 괜찮아서 그래. 빨리! 그래야 내가 네 곁에 갈 수 있잖아."

"어이고!"

끝내 메디컬 타임을 요청했다.

본래 필드에는 선수 본인과 캐디 외에는 나올 수 없다.

하지만 부상과 같은 비상 상황에서는 가족이나 에이전트 중에 한 명의 접근이 가능하다.

지원이 필요한 경우가 생길 수 있기 때문이다.

폰은 홍 프로의 구조 요청을 정확히 감지했지만 유라에 게 양보했다. 지금 상황은 유라가 더 강력하다고 생각한 것이다.

고집부리는 남자를 꺾는 건 마누라가 최고라고 봤는데, 여지없이 적중하는 광경에 가족들의 얼굴에 모처럼 미소가 피어났다.

"야!"

"그러니까 보지 말라고 했잖아."

"이게 뭐야? 이 바보야!"

손바닥이 정상일 리 없다.

그래서 보지 말라고 했으나 시선을 돌릴 유라가 아니었다.

밴드를 떼자 울컥울컥 밀려 나오는 핏물 사이로 허연 뼈가 보였다. 살이 벌어지다 못해 수술한 손바닥뼈가 보였다.

당사자도 끔찍하다는 생각이 들었으니 유라는 오죽할까?

그런데 웃지 못할 광경이 펼쳐졌다.

갑자기 유라가 펑펑 울기 시작한 것이다.

그냥 울먹이는 것이 아니라 대성통곡을 하는 바람에 조심하던 카메라가 태주의 상처를 클로즈 업 하고 말았다.

얼른 화면처리를 했으나 전혀 예상 못 한 상처를 짧게나마 두 눈으로 보게 된 팬들은 절로 제 입을 가렸다.

너무도 충격적인 상태였기 때문이다.

"야! 난 이제 어떡해! 엉엉엉…."

"너 왜 그래?"

"내가 말린다고 포기할 거 아니잖아. 그러니까 이러지!"

"그럼 여기서 포기할까?"

"그것도 안 되지. 이 바보 멍텅구리 같은 놈아! 어떻게 잡은 우승인데, 겨우 세 홀을 남기고 포기하느냐고!

"그럼 어쩌란 말이야?"

"나도 몰라! 그래서 우는 거잖아. 이 나쁜 새끼야!"

홍 프로가 말려 더 심한 표현은 자제되었지만, 펑펑 우는 행동은 그칠 줄을 몰랐다. 웃음을 자아내는 행동이었으나 그 모습을 지켜보는 팬들의 눈가도 촉촉이 젖어 들었다.

정확히 이해하긴 어렵지만 남편의 부상을 마주한 그녀의 애끊는 심정이 이해가 되었기 때문이다.

그녀도 우승 전력이 있는 엄연한 LPGA 투어프로였지만 누가 봐도 앳된 외모를 가진 어린 신부였기에 또 하나의 명장면이 연출되었다고 봐야 했다.

윤 여사는 질색했지만, 상도는 껄껄 웃었다.

"뭐가 좋다고 웃어요! 태주 상처가 심각하다는 거잖아요!"

"그럼 며늘아기처럼 나도 울까?"

"…치! 지도 울면서."

보영은 상도의 눈가도 습기가 가득한 걸 봤다.

남편의 행동에 화가 났지만 표현만 다를 뿐, 마음은 한결같다는 것을 깨달은 것이다.

하지만 담담한 폰의 태도는 못마땅했다.

입가에 잔잔한 미소까지 머금었다는 것은 자신들과 입장이 다르기 때문이라고 생각했다.

그런데 구박할 수는 없었다.

이어진 폰의 말이 가슴에 와닿았기 때문이다.

"이제 오빠는 진정한 황제로 인정받을 거예요!"

"그렇지. 현대 골프 역사에 다시없을 금자탑을 쌓는 거니까!"

"많은 것을 얻겠지만 무엇보다 소중한 것은 스스로 최고라는 자부심을 갖게 될 거고, 이후에는 저런 무모한 짓을 다신 하지 않을 것 같아요."

"그래. 한 번이면 족할 일이지. 허허허!"

결국 16번 홀에서 버디를 낚아 -18이 된 태주는 남은 홀을 안전하게 마무리하면서 와이어 투 와이어 우승을 거머쥐었다.

갈채를 보내지 않을 수 없는 값진 승리였다.

마지막 우승 퍼팅을 마친 태주는 지금껏 보여 주지 않던 큰 액션을 보였다. 두 팔을 높이 치켜들고 비명을 지른 것이다.

그만큼 힘들고 고생스러운 여정이었다는 뜻이다. 대기하던 가족들이 우르르 몰려나갔는데, 돌발 상황이 벌어졌다.

가족들을 향해 몸을 돌려 뛰어오려던 태주가 갑자기 연체 동물처럼 흐느적거리며 그 자리에 푹 꼬꾸라졌다.

목표를 이루자 쌓였던 스트레스가 한꺼번에 몰려온 것일까? TJ의 이름을 연호하던 좌중의 탄식이 무겁게 내려앉았다.

골드의 성이 강림했다

3화. 넘어야 할 산

골프의 신이 강림했다

"안 들어오고 뭐 해?"

"네…."

"인사들 해. 오늘부터 우리랑 같이 살 이태식이란 아이야. 상도, 너랑은 또래니까 앞으로 친구처럼 잘 지내도록 해라."

"고맙습니다. 아버지."

"……."

상도의 집에 처음 간 날, 녀석은 고맙다고 말했다.

친구가 생겼다고.

사업을 크게 하시던 부모님이 갑자기 돌아가시고 우르르 몰려온 사람들에 의해 집이 하루아침에 풍비박산이 났다.

그중에는 친척들도 많았다.

아버지가 살아 계실 때는 늘 웃은 낯으로 찾아왔던.

잘 살았으니까 그 덕을 보려는 자들이었다. 하지만 인간이 얼마나 추악한지 그때 난 절절하게 느꼈다.

상도의 부친도 사실은 채권자였다. 하지만 뒤늦게 찾아온 그분은 부모님 장례를 치르게 해 주었고, 오갈 데 없는 날 자기 집으로 데려갔다.

"어떤 새끼가 감히 내 친구를 건드려!"

"난 괜찮아. 상도야."

"괜찮긴 뭐가 괜찮아. 네가 자꾸 양보를 하니까 저 새끼들이 더 미쳐 날뛰는 거라고. 이 새끼들을 내가 오늘 그냥!"

왜 까맣게 잊고 있었는지 모르겠다.

매사에 주눅이 든 난 허접한 놈들의 수작도 그냥 참고 지냈다. 어린 마음에도 꼽사리 인생이라고 자학했던 것이다.

그런 나를 바꾼 것은 상도였다.

특히 골프를 배우는 녀석들은 모두 다 있는 집 자식들이었던지라 차별과 무시는 극심했다. 하지만 상도가 날 친구로 여기고 함께한다는 생각을 하는 순간부터 난 무섭게 변했다.

오히려 내가 두려워 슬슬 피하게 만드는 독종이 된 것이다.

"태식아. 너무 자책하지 마. 넌 최선을 다했잖아."

"아니야. 날 믿고 지원해 준 아저씨를 생각하면 난 쓰레기나 다름이 없어. 어떻게 그런 쉬운 퍼팅을 놓치느냐고!"

"휴우! 그러니까 마음을 더 편하게 먹고 이겨 내야지."

"난, 난 안 되나 봐!"

지독히 이기적인 놈이라는 인상만 남아 있었다.

그런데 이날 잠결에 떠오른 기억들은 그렇지가 않았다. 난 독종이었으며 투지가 넘쳤지만 중요한 기회마다 고비를 넘지 못하고 자멸하기 일쑤였다.

어쩌면 천부적 재능을 지닌 것은 상도가 아니라 나일지도 모른다는 생각이 들었다. 난 나뿐만 아니라 상도의 모든 뒤치다꺼리도 챙겼고 성적도 나쁘지 않았다.

결정적인 순간, 압박감을 견디지 못했을 뿐.

그런 날 걱정하며 위로해 준 사람도 늘 상도였다.

'내 눈꺼풀에 마가 씌었던 거야!'

이건 꿈이었다.

그런데도 난 자각하고 있었다.

상도와 관련된 엇갈린 기억들, 크고 작은 오해가 쌓였고 부상 때문에 투어프로의 꿈을 접어야 했던 난 도망치고 말았다.

그 과정에서 상도도 마음의 상처가 컸을 것 같았다.

자신의 모든 성공을 함께 나누고자 했던 유일한 친구가 외면하고 마음의 문을 닫았으니까.

한창 자신감이 끓어올라 교만하다는 말을 들었지만, 그의 젊음을 고려하면 얼마든지 이해할 수 있는 범주였다.

스스로 괴로워 견디지 못했던 것일지도 모른다.

"어? 정신이 들어?"

"응. 내가 쓰러졌던 건가?"

"난리가 아니었지."

"근데 남편이 쓰러진 것치고는 너 표정이 너무 밝은데?"

"의사가 괜찮을 거라고 했거든. 한숨 푹 자고 일어나면 멀쩡할 거래."

병실이었고 유라가 곁을 지키고 있었다.

남편이 깨어났으니 환하게 웃는 것은 당연한데, 왜 그게 고깝게 느껴졌는지 모르겠으나 안심은 됐다.

그새 손바닥과 팔꿈치 처치도 끝냈다고 했다.

필드에 있을 때는 아프다는 느낌이 없었는데, 거기에 신경을 쓰자 갑자기 극심한 통증이 느껴져 엄살을 부렸다.

그리곤 가족들의 향방을 물었다.

"아침에 오실 거야."

"지금 몇 시인데?"

"새벽 5시."

"뭐? 12시간 넘게 잤다는 거야?"

"처치하느라 마취도 해서 푹 잔 걸 거야. 근데 넌 밤새 한숨도 못 잔 나한테 너무하는 거 아냐?"

"뭘?"

"나 안아 줘."

처치를 끝냈다지만 정상은 아니었다.

오죽하면 그 인생 최고의 장면에서 혼절했을까?

하지만 그때도 꿋꿋하게 버틴 태주가 아프다고 투정을 부리자 유라는 가볍게 무시하는 내공을 선보였다.

정말 아팠는데.

하지만 안아 달라며 침대 위로 올라오는 그녀의 행동이 너무도 깜찍해 품에 안고 있었는데, 다시 잠이 솔솔 왔다.

밤새 한숨도 못 잔 유라의 코 고는 소리가 작지 않았지만, 태주도 곧 장단을 맞춘 이중주를 연주했다.

"뭐죠? 애들?"

"그러게. 괜찮아졌나 보군!"

"얘! 일어나. 네가 왜 환자 침대에서 자니?"

"허허. 놔두고 우린 바람이 쐬고 옵시다. 보기 좋네!"

어이없는 장면이긴 했다.

병간호를 한다던 며느리가 아들 침대에서 환자와 꼭 껴안고 잠을 자고 있었으니까.

그래도 보기 좋다면 나가자는 상도, 태주는 잠이 깬 상태였다. 하지만 유라가 곤란할까 봐 그냥 자는 척했다.

문제는 뒤따라온 폰의 눈치가 기막혔다는 점이다.

"깼네, 깼어!"

"응?"

"오빠는 깼어요. 얼른 일어나지?"

"아. 저 녀석!"

그 와중에도 유라는 정신없이 잤다.

그래서 유라가 깨지 않게 하려고 조심스럽게 일어났다.

윤 여사는 며느리가 못마땅한 기색이었다. 어떻게 이런 상황에서 저리도 푹 자는지 납득이 되질 않는 것 같았다.

태주가 억지로 깨우지 않는데, 나서기도 애매해 참을 뿐.

나가서 아침을 먹자는 아들의 말에는 환하게 웃었다.

그런데 밥은 중요했던가!

"밥? 나만 빼고 먹으러 간다고?"

"일어났어?"

"어? 아버님 어머님은 언제 오셨어요?"

"네가 환자냐?"

"아! 오빠가 새벽에 깼는데, 멀쩡하다고 절 침대로 끌어들인 거예요. 싫다고, 그러면 안 된다고 했지만 어쩌겠어요! 사랑에 몸이 달았는데!"

"크! 작가 나셨네!"

사실이 어떤지는 중요하지 않았다.

다들 왁자지껄 웃으며 식당으로 향했다.

그 와중에도 모두들 태주의 상태를 힐끔거렸다.

정말 괜찮은지.

의사가 내일이면 멀쩡할 거라고 했지만 부상이 얕지 않다는 것을 모르지 않아 조심스러웠는데, 분위기가 그랬다.

병원 식당 메뉴가 뻔했으나 한 상에 둘러앉는다는 것이 의미 있었다. 그런데 거기까지 가는 길이 매우 험난했다.

의사, 간호사, 환자 할 것 없이 만나는 사람마다 격렬한 축하 인사를 건넸고 사인을 요청하는 이들도 많았기 때문이다.

[드라마틱한 우승, 어메이징 10 달성!]

[전무후무할 대기록 작성, 마지막 퍼팅까지 혼신의 힘을 다한 TJ, 결국 그린 위에 쓰러지다!]

[황제 등극! 대관식이 없어 아쉬웠지만 구급차를 탔어도 그는 지존으로서 부족함이 없었다]

[TJ 전성시대 열리나? 10승의 여정을 되짚어 보다]

[부상을 염려하는 팬들은 그만 안심하시라! 전담 의사로부터 그의 건재함을 확인했다]

[대체 어디까지 갈 수 있을까? 15연승도 꿈은 아니다]

태주의 10승 달성 뉴스가 전 세계에 울려 퍼졌다.

기적에 가까운 위업이지만 골프에 관심이 없는 팬들은 외면할 수도 있는 소식이다. 하지만 그 과정에서 발휘된 부상 투혼이 종목을 불문하고 너무 극적이었던 터라 가슴을 때렸다.

메이저 대회 우승이 아무리 대단한들, 최고의 인기를 누리는 축구, 야구, 농구 스타와 비교하긴 어려웠다.

타이거 우즈 이후 그들에 비견될 스포트라이트를 받은 선수는 없었는데, 이번 우승으로 그 위상을 뛰어넘었다는 분석도 나왔다.

"오빠. 너 돈방석에 앉을 거래."

"폰. 넌 학생인데, 그런 것부터 보여?"

"응. 돈만 있으면 뭐든 할 수 있잖아."

"그런가?"

아니라고 설득하고 싶었으나 그런 분위기가 아니라 참았다.

참으로 맹랑한 생각이 아닐 수 없지만 이해는 가능했다.

어리지만 가난해서 덜 익은 바나나를 따다 구워 먹고 개울에서 고기를 잡아 끼니를 때웠던 녀석에게는 풍요로운 삶이 천국처럼 보였을 것이다.

그나마 태국어를 이해하는 사람이 없어 더 이상의 사족이
붙지 않아 다행이었다. 그런데 상도는 감을 잡았는지 묘한
말을 던졌다.

"폰. 넌 이제 혼자가 아니잖아. 나도 있고 태주도 있고."

"그래서 얼마나 행복한지 몰라요. 그리고 저도 오빠처럼
골프를 할 수 있어서 좋아요."

"너도 할 수 있지. 그럼!"

"그러니까요. 그래서 생각을 좀 바꿨어요."

"무슨 생각?"

"저 미국에서 공부할래요."

"응?"

전후 사정을 알지 못한 상도는 태주를 쳐다봤다.

그 말을 던진 폰이 태주에게로 시선을 돌렸기 때문이었다.

둘 사이에 오간 얘기가 있다는 의미였다.

그런데 이번에는 태주가 고개를 절레절레 저었다. 곁에 두
고 싶은 마음은 간절했지만 물질 만능에 대한 생각을 여과
없이 드러내는 녀석의 행동에 걱정이 앞섰기 때문이었다.

물론 가만히 있을 녀석이 아니었다.

"그 얘기는 오빠가 먼저 꺼냈잖아요."

"그랬지. 하지만 오늘 네 말을 듣고 심사숙고할 문제라는

생각이 들었어."

"오늘 내 말? 무슨 말?"

"돈만 있으면 뭐든 다 할 수 있다는 생각. 거기에 대해서
는 나중에 얘기하자."

"치! 왜 이랬다저랬다 그래."

나서고 싶었으나 상도는 한 발 뺐다.

자신이 해 줄 수도 있지만, 그 결정은 태주가 내리는 것이
옳다는 생각이 들었기 때문이다.

한국으로 데려가려고 했었다. 그 옛날 태식을 데려와 친자
식처럼 돌봤던 자신의 부친처럼 정성을 쏟으려고 했다.

하지만 폰은 그걸 거부했는데, 나중에 알게 되었다. 그런
결정을 내릴 수 있는 사람은 자신이 아니라 태주라는 사실
을.

그 생각이 확인된 순간이었다.

"김태주!"

"어? 누나?"

"우승 축하해. 정말 대단하더라."

"네가 여긴 웬일이냐? 바쁘다면서?"

"바빠도 축하는 해 줘야 하잖아요. 남동생인데."

"동생이 아파서 힘들 때는 눈도 깜짝하지 않던 녀석이 돈
냄새라도 맡은 게냐?"

"아빠!"

태희가 나타났다.

넷뿐인 단출한 가족인데, 오랜만에 뭉친 것이다.

태주의 메이저 대회 우승에 10연승 달성까지 겸했으니 다들 모여 그 기쁨을 누리는 것이 당연하다. 그런데 화기애애하던 분위기가 그녀의 등장과 함께 푹 가라앉고 말았다.

상도가 심한 말을 뱉어 그런 것 같지만 사실이 아니다. 금요일 밤에 부모님들이 도착했는데, 마중도 나오질 않았다.

또한 부상을 입은 동생이 우승은 어려울 것이라고 생각했는지, 코스에 나타나지도 않았다. 그리곤 우승이 확정되자 바로 움직인 것이 사실이라고 봤다.

저간의 사정이 다 보였지만 태주는 이 어색한 분위기가 적절하지도, 바람직하지도 않다고 생각했다.

"자주 좀 보자."

"응? 그래."

"퇴원 수속 좀 밟아 줄래?"

"아! 그래. 그건 내가 처리할게."

"임 팀장님. 비행기 예약 좀 부탁드립니다."

"어디로 가십니까?"

"집이요. 키웨이딘."

우승의 감격을 누리지 못한 것은 아쉬웠다.

이번에는 춤이라도 추려고 했다.

첫 번째 목표는 달성했다고 판단했고 그럴 자격이 충분하다고 생각했다. 기절하는 바람에 물거품이 되었지만.

그래서 일단 섬으로 돌아가 정비하는 것이 우선이었다.

하지만 달라진 위상을 실감할 수 있는 상황이 이어졌다. 퇴원 수속을 밟는 사이, 연이어 찾아온 지인들과 대화를 나누며 더 실감이 났다.

하지만 브라운과 마틴은 영 마뜩잖은 얼굴이었다.

"두 분 다 하고 싶은 말씀이 있으시면 하세요. 그렇게 세상 걱정 다 짊어진 것처럼 힘들어하지 마시고."

"공식 인터뷰는 없나?"

"있답니다. 1시간 뒤에 대회가 열린 코스 클럽하우스에서."

"그 후엔?"

"집으로 돌아가야죠. 아시잖아요. 제가 얼마나 피곤한지."

"그럼 내 비행기를 타고 가지."

"일행이 많은데요?"

"40석이니까 걱정하지 말고."

"그럼 예약부터 취소해야겠네요. 이모, 임 팀장한테 연락 좀 해 주세요."

대충 감은 잡고 있었다.

이번 대회에서 벌어진 이해할 수 없는 일련의 사건들.

상식적이지 않았다.

직접 목도한 기이한 광경도 있었고.

하지만 심각하다고는 생각지 않았다. 그들의 믿기 힘든 이야기를 듣기 전까지는.

하지만 인터뷰가 먼저였다.

집에 돌아가 잘 먹고 푹 쉬고 싶었으나 이젠 팬들을 대하는 것도 달라진 위상에 맞춰야 한다는 헬렌의 말을 반박할 수 없었다.

이래도 되나 싶을 만큼 우호적인 분위기였다. 의례적인 축하와 인사말이 끝나자 차후 일정에 대한 질문이 쏟아졌다.

- 역사에 남을 진귀한 기록을 달성하셨는데, 그 바람에 연승에 대한 팬들의 기대가 지나칠 정도로 대단합니다. 예정된 일정을 그대로 소화하시는 겁니까?

"아시다시피 손이 이 모양이라서 약간의 수정은 불가피하다고 봅니다. 에이전트와 상의해 결정할 생각입니다."

- US 오픈까지 4주가 남았습니다. 부상 회복에 그 시간을 모두 쓰시나요?

"예정된 다음 대회가 The Memorial Tournament인 것으로 압니다. 크고 좋은 대회이고 팬들의 응원과 격려를 생각하면 가급적 예정된 일정은 소화할 생각입니다."

그 대목에서 헬렌이 불쑥 끼어들었다.

에이전트 입장에서는 일정을 바꾸는 것이 가장 곤란한 일이다. 그래서 가능하면 태주도 바꾸지 않으려고 했다.

어차피 4주를 쉬면 본인도 갑갑할 것 같았던 것이다.

그런데 헬렌은 출전 가능성이 낮다고 에둘러 표현했다.

현재 부상상황이 좋지 않아 회복 여부를 지켜보고 결정해야 한다고 밝혔는데, 사전에 입을 맞추지 못한 것이 아쉬웠다.

지금은 무조건 쉬는 것이 좋다고 생각한 것 같은데, 회사의 입장보다 선수를 먼저 생각한 것 같아 기분이 좋았다.

'하기야 좀 지켜보는 것도 나쁘지 않지.'

삐딱한 질문은 왜 나오질 않나 했다.

아무리 우호적인 분위기라도 조회 수를 고려한 자극적인 기사를 쓰는 작자들이 없을 리 만무했다.

아니나 다를까 아주 묘한 질문이 불쑥 튀어나왔다.

얼토당토않은 그 내용은 시사하는 바가 컸다.

- 수술을 집도한 의사가 대회 출전을 포기해야 한다고 밝혔습니다. 고생스럽게 플레이하신 장면은 저도 직접 봐서 알

고 있는데, 항간에 들리는 소문에 대해서는 어찌 생각하십니까?

"무슨 소문을 말씀하시는 거죠?"

- 음…. 아무래도 금지 약물을 복용한 게 아니냐는 의심이 있었습니다. 아직 골프는 도핑 청정구역이지만 이번 사건을 계기로 적절한 규정을 제정해야 한다는 의견이 있거든요.

"오호! 대체 무슨 근거로 그런 소릴 하는지 모르겠지만 저도 도핑 테스트에 적극 찬성합니다. 혹시 여러분들 중에 그런 의심을 품은 분들이 있다면 바로 테스트에 응하겠습니다!"

태주의 전향적인 태도에 엉뚱한 질문을 던졌던 기자에게 곱지 않은 시선이 몰렸다. 그런 질문을 꼭 지금 이 자리에서 해야 하는지 답답해하는 것 같았다.

행여 찜찜한 태도를 보였다면 오해의 소지가 생길 수도 있지만 높아진 위상을 고려하면 그냥 무시해도 그만인 일이다.

그런데도 당장 도핑 테스트를 해도 좋다고 대응하자 회심의 미소를 짓던 기자가 되레 사나운 비난에 직면하게 되었다.

헬렌의 적절한 이후 대처도 눈에 띄었다.

"골프데일리의 피터 기자 맞죠? 그만큼 우리 TJ KIM의 경기력이 대단했다는 의미로 받아들일게요. 하지만 터무니 없는 헛소문을 사실인 양 공개된 자리에서 또다시 떠벌이신 다면 우리 법정에서 만나야 할지도 몰라요!"

놈의 표정은 왕창 일그러졌고 장내는 웃음바다가 되었다.

하지만 그 내용이 가벼운 것은 아니다. 적어도 미국언론은 거짓 정보에 아주 민감하며 명예훼손에 대해서도 엄히 죄를 묻기 때문이다.

특히 더 에이스와 같은 거대한 기업이 전면에 나선다면 제 아무리 큰 언론사라도 쩔쩔맬 상황에 처할 수도 있다.

게다가 법보다 주먹이 가깝게 작용할 힘까지 갖췄다는 것 을 많은 기자들이 인지하고 있기에 놈의 얼굴은 시뻘겋게 달 아올랐다.

- 다소 뜬금없이 들리겠지만 당신의 연승에 베팅했던 이 들이 부자가 되었다는 말이 있습니다. 그래서 이후 11, 12 연승에도 거금이 걸릴 것 같은데, 그에 대한 부담은 없으십 니까?

"전 그 사안이 이렇게 웃으면서 거론될 일이 아니라고 생 각합니다. 부자가 된 사람도 있겠지만 알거지가 된 사람도 있지 않을까요?"

- 건전한 스포츠 베팅 문화에 대한 얘기라면 그건 개인의

자유의지에 속한 문제인데, 굉장히 부정적이시군요.

"건전? 세상에 건전한 도박이라는 게 있긴 합니까? 응원에 재미를 더하는 가벼운 베팅이라면 모를까, 저는 저와 관련된 베팅은 자제해 주십사 당부드립니다."

이 사안이 민감한 이유는 자신의 에이전시인 더 에이스의 모기업도 스포츠 베팅 전문기업이기 때문이었다.

하지만 태주는 개의치 않고 자신의 의사를 개진했다.

특히 스포츠 베팅을 도박이라고 표현한 순간, 헬렌의 표정에 변화가 느껴질 정도로 매우 민감한 화제였다.

그런데도 자제를 당부했으며 응원에 재미를 더하는 가벼운 베팅의 기준을 묻자, 본인의 하루 일당이면 적절하지 않겠냐고 대답까지 했다.

게다가 묘한 말도 덧붙였다.

"스포츠 베팅의 중독성이 매우 극심한 것으로 압니다. 저도 제 승리에 확신을 가지기 힘든데, 대체 누굴 믿고 거금을 베팅하시는 건지 깊이 생각해 보시길 바랍니다."

- 스포츠 베팅에 상당히 부정적이시군요?

"진정 골프를 좋아한다면 필드에 나가서 하루를 즐기시는 게 훨씬 낫습니다. 건강을 위해서나 건강한 삶을 위해서! 특히 불법 베팅은 자신뿐만 아니라 이웃과 사회를 병들게 하는 폐악이기 때문에 절대 하시지 마기를 권합니다."

불법 베팅에 대해 논할 줄은 몰랐는지 다들 조용해졌다.

그러나 스포츠 기자들이 그걸 모를 리 없다.

양성화가 되어 상당 부분이 법적인 테두리 안으로 들어왔다지만 아직도 검은 돈이 오가는 지하 베팅은 양성화된 베팅보다 몇 배는 크다고 알려져 있다.

전 재산을 다 잃고 스스로 삶을 종료하는 이들도 많을 정도로 그 폐해가 극심하기에, 태주의 입에서 나온 그 발언은 용감하다기보다는 무지해 보일 지경이었다.

그로 인해 인터뷰가 서둘러 마무리되었다. 그런데 그런 것에 문외한이던 홍 프로는 궁금하지 않을 수 없었다.

"불법 베팅이 그렇게 심각해?"

"사람들의 관심이 큰 승부일수록 금액이 올라가죠. 제 우승이 확정된 순간, 자살한 사람이 여럿 나왔을지도 모릅니다."

"설마?"

"러시아 월드컵에서 우리나라가 독일을 이긴 것 때문에 난리가 난 적이 있습니다."

"아! 그거 나도 기억해. 정말 대단한 승리였지."

"그때 독일이 이길 것이라고 생각해 거금을 걸었던 수많은 사람들이 있었고, 특히 중공에서는 많은 이들이 자살했다는 후문이 있습니다."

도박의 폐해를 언급하자면 한이 없다.

스포츠 배팅도 엄연히 동일한 성격을 지닌다.

음지에서 암약하던 것을 양지로 꺼내는 것은 좋은데, 문제가 되는 것은 극단적인 이들의 중독 현상이다.

망한 이들의 스토리는 무시하고 일확천금을 번 자들의 이야기에 집중해 그 시장이 날로 성장하고 있음도 사실이다.

남의 일이지만 남의 일도 아니다.

왜냐면 자신의 우승에, 하다못해 라운드별 스코어 맞추기도 성행하고 있는 것을 알고 있기 때문이다.

그래서 진심을 담아 자제를 당부한 것이다.

효과가 있을지는 미지수지만.

곧바로 공항으로 이동했고 헬렌도 합류했다.

"TJ. 도핑에 대한 자신감을 비친 것은 아주 적절했던 것 같아요."

"당연한 거죠. 그런데 문 회장님은 어딜 가셨습니까? 안 보이시네요."

"급한 일이 있어서 먼저 뉴욕으로 가셨어요. 저도 네이플스 공항까지만 동행하고 뒤따라가야 해요."

"제게 할 얘기가 많은가 보군요."

게리 브라운은 이웃사촌이다.

섬에서 지내는 기간은 연중 서너 달이지만 이번 비행에 올리비아와 클라인, 그리고 누군지는 모르나 가족으로 보이는 다른 이들도 합류했다.

뭔가 무거운 화제를 던져 줄 것 같다는 느낌을 받았다. 하지만 비행 중에는 가족들과도 떨어져 헬렌과 대화를 나눴다.

그녀의 입에서 생각지도 못한 이야기를 접했다.

마틴 문 일가의 기원을 가늠할 수 있는 화제였는데, 빙의한 태주로서는 소름이 돋는 언급이었다.

"무속인 가문이란 말입니까?"

"왜요? 천해 보이시나요?"

"그럴 리가요! 저도 신묘한 경험을 갖고 있는 터라…."

조선 시대에는 팔천(八賤)이라는 천민 계급을 규정했었다.

노비, 백정, 기생, 광대, 공장, 상여꾼 등은 익히 알고 있지만, 승려와 무격도 포함되었다. 그 관념은 매우 오랜 기간 지속되어 아직도 무속에 대한 선입견은 무시할 수 없다.

성리학적 세계관 아래 민간무속은 미신이라고 규정하고 엄격하게 다뤘지만, 정치 일선에서 암약한 역사도 엄연하다.

역사를 통해 고찰해 보면 세습무(世襲巫)는 위상이 높은 계급이었다. 신라 차차웅이 이를 지칭한다는 설도 있으며 고대의 왕들이 신관으로서 제정일치를 겸했던 것도 사실이다.

'희미한 기억이나마 돌아가신 내 부모님들도 무(巫)에 진심이셨지!'

'미신이라고 치부할 수 없는 일이 내게 벌어졌잖아!'

빙의하고 새로운 삶을 준비할 때, 그 연관성에 대해 생각해 본 적이 있다. 하지만 그 해석을 무(巫)에서 찾는 것이 적절하지 않다고 생각해 접었다.

그런데 헬렌의 입에서 비슷한 이야기가 언급되자 자신도 모르게 신묘한 경험이라는 표현이 튀어나온 것이다.

그걸 놓칠 헬렌이 아니었다.

"그 신묘한 경험에 대해서 들을 수 있을까요?"

"……."

대답 대신 고개를 저었다.

거짓말을 하고 싶지 않았고 그렇다고 사실을 드러내고 싶지도 않았기 때문이다.

다행히 헬렌은 그 입장을 십분 이해한다는 반응을 보였다.

그게 더 찜찜했으나 자신의 패를 까고 싶진 않았다.

미친놈 취급을 당할 것이라고 생각했으며 설사 밝힌다 하더라도 그 대상이 헬렌일 수는 없다는 생각도 했다.

그런데 이어진 이야기는 가벼이 넘길 수 없었다.

"그러니까 제 부상이 염력을 사용하는 특정 세력의 공격이었다는 겁니까?"

"네. 증거를 보일 수는 없지만 전후 정황이 분명하기 때문에 설명은 가능해요. 그리고 머지않은 날에 직접 확인할 수 있을 것이라고 생각해요."

"그 말은…. 놈들의 수작이 반복될 것이란 말입니까?"

"그건 저뿐 아니라 아버님의 판단이세요. 게리 가문에서도 비슷한 경고를 해 줄 것이라고 생각해요."

태주는 즉답을 회피했다. 알겠다고 말하는 것이 마치 자신의 신묘한 존재감을 시인하는 것처럼 느껴졌기 때문이다.

그에 대한 반감이 큰 이유는 지금껏 이뤄 온 성공이 마치 그것 덕분인 것처럼 오인될 소지가 있기 때문이었다.

어떻게 만든 결실인데, 자신이 흘린 피땀이 평가절하되는 것은 참을 수 없었다. 또한 상황을 파악하고 확신이 들 때까지는 속을 드러낼 이유가 없었다.

너무 위험천만한 일이기에.

"메모리얼 토너먼트 출전은 포기하시죠?"

"두고 봅시다."

"설사 부상이 완치되더라도 참아야 한다고 생각해요. 위험 요소를 완벽하게 제거할 때까지는."

"당신 말대로 염력을 사용하는 자들이 있다손 쳐도 전 개의치 않습니다."

"TJ!"

"몰랐다면 모를까, 그런 일이 일어날 수도 있다는 것을 안 이상 도망치고 싶지 않습니다. 제 나름 대비를 해 보겠습니다."

헬렌은 더 이상 다그치지 않았다.

말릴 수 없다기보다는 대비해 보겠다는 태주의 말이 어떻게 구현되는지 지켜보고 싶었기 때문이다. 번거롭겠지만 자신도 이중으로 대비하면 위험하진 않을 것이라는 판단도 내렸다.

하지만 그 말을 던진 태주는 후회하고 있었다.

위험을 감수할 하등의 이유가 없는데, 왜 무모하게 용감한 척한 것인지 스스로도 납득이 되질 않았다.

그나마 두고 보자고 했으니, 부상 회복이 더디면 그게 어쩔 수 없는 차선책이 될 수 있어 다행이었다.

그런데 그녀가 던진 마지막 화두는 매우 께름칙한 내용이었다. 자신의 생각이 아니라 마틴의 전언이라고 전제했는데, 그 대상이 폰타나였기 때문이다.

폰이 태주와 특별한 교감을 나누는 존재이며 이번 부상과 관련해 추론컨대, 곁에 두면 큰 도움이 될 것이라고 말했단다.

하지만 태주는 단호하다 못해 차가운 반응을 보였다.

"헬렌. 폰에 대한 생각은 일절 접으시길 요청합니다!"

"혹시 무녀(巫女)인 양 취급하는 게 아니냐고 오해하실 수도 있지만 그건 사실과 전혀 부합하지 않아요. 아버님은….'"

"헬렌!"

무(巫)와 관련된 편견이 있다면 그녀로서는 매우 기분 나쁠 일이지만 그래도 나쁜 의미가 아니라고 설명하려고 했다.

하지만 태주는 폰에 대한 언급 자체를 원치 않았다. 그 의지가 얼마나 분명했는지, 헬렌은 말을 멈출 수밖에 없었다.

순식간에 전신을 덮친 살벌한 기운이 호흡마저 옥죄었다. 살기라고 해도 이상하지 않을 소름이 돋는 기운이었다.

고개를 끄덕일 수밖에 없었다.

확신이 들었기 때문이다.

부친이 언급한 만력을 지닌 특별한 존재임을.

"오늘 들은 이야기들을 가볍게 여기지 않겠습니다."

"현상으로 재현된다는 보장은 저도 장담하기 어려워요. 하지만 보통 사람들이 접하지 못하는 기이한 세상이 있다는 것을 당신도 알고 있어야 한다는 생각이에요."

"고맙습니다."

헬렌은 더 이상 대화를 이어갈 수 없었다.

아직 할 얘기도, 시간도 남았지만 태주가 눈을 감고 등받이에 기대는 순간, 모든 판단의 주체는 자신이 아니라는 자각을 했기 때문이었다.

처음 만났을 때도 범상한 인간이 아님은 알았다.

하지만 한 부문에 뛰어난 능력을 가진 인간들을 수없이 봐 왔던 그녀로서는 태주도 그런 범주에 속했다고만 생각했다.

그러나 이젠 눈빛이 바뀌었다.

* * *

일상으로 돌아왔다.

게리 브라운이 면담을 요청했지만 일단 좀 쉬고 싶다는 말로 미뤘다. 당장 급할 게 없다고 판단했으며 모처럼 모인 가족들과 소박한 행복을 나누는 것이 우선이라고 생각했다.

어려서는 말썽쟁이로, 꿈을 향한 도전을 이어갈 때는 바빠서 미뤄 왔지만 어디서 무얼 하든지 가장 큰 힘은 가족으로부터 얻을 수 있으며 그게 바람직하다고 믿었다.

어쩌면 외로웠던 태식의 삶에 대한 보상 심리가 작용한 것일지도 모른다. 부모님과의 관계는 이미 더없이 좋았고, 한동안 삐딱 선을 탔던 유라도 제자리에 안착했다.

'최소한의 교통정리는 끝났지만 아직은 완벽하지가 않아.'

'넘어야 할 산이 아직 2개나 남았지.'

'폰과 김태희!'

그나마 폰은 걱정할 게 없었다.

자매처럼 지내 온 유라에게 딱 붙어 다니며 간지러운 부분을 삭삭 긁어 주는 여우 짓을 아주 잘해 내고 있었기 때문이다.

무심한 듯 가부장적인 상도도 폰에 대해서는 과도할 만큼 다정다감한 모습을 보여 줘 보영이 어이없어할 정도였다.

하지만 그런 광경에 눈이 뒤집히는 사람이 있었다. 제자리를 빼앗긴 것 같은 느낌을 받을 수밖에 없는 태희였다.

그녀의 고약한 심보를 익히 알고 있어 더 걱정스러웠다. 엄마의 사랑과 관심을 독차지했다고 아기였던 태주를 볼 때마다 몰래 꼬집던 유치원생이 그녀다.

'깽판을 쳐도 시원찮을 텐데!'

'눈도 마주치지 못할 정도로 무서워하는 상도가 함께 있어서 자제할 수밖에 없는 건가?'

'그런 수준은 한참 지난 거 아닌가? 아님, 챙길 떡고물이 더 있다고 판단한 건가?'

딸들은 나이가 들면 엄마와의 소통이 좋아진다고 들었다.

하지만 그마저도 없는 태희로서는 한 공간에 머물러도 가족이라는 느낌이 들지 않을 것 같았다. 현재의 상황만 보자면 가엾다는 생각이 사라지질 않았다.

적어도 그 부분에 대해서는 부모님들이 책임에서 자유로

울 수가 없다. 태주가 탓하거나 추궁할 사안은 아니지만.

여하튼 매우 불편한 관계를 이어 온 남매였으나 이젠 다 털고 품 안에 들여야겠다는 생각을 할 수밖에 없었다.

그러기 위해선 어떤 방식이 좋을지 고심하던 차였는데, 그녀가 먼저 다가왔다.

다시없을 다정한 어투로 무장한 채.

"태주야. 나랑 얘기 좀 해."

"좋지. 우리 해변으로 나갈까?"

"응. 이상하게 보진 않겠지?"

"뭘 이상하게 봐! 남매가 얘길 나누겠다는데!"

"고마워."

고맙다는 말을 들을 계제는 아니다.

그녀의 입에서 나온 표현이라는 게 믿기지 않을 뿐.

쉽게 변하지 않는 게 사람인데, 하루아침에 개과천선을 할 리도 없다. 다만 아쉬운 게 있다고 해석할 수밖에 없었다.

임 팀장을 통해 사전에 파악한 그녀에 대한 정보가 머리에 맴돌았지만, 일단은 전향적인 태도로 대화에 임하기로 했다.

그런데 첫 마디부터 엉뚱한 소리가 튀어나왔다.

"너. 지금 에이전시가 마음에 들어?"

"무슨 말이야? 헬렌과의 사적인 관계를 묻는 거야?"

"그 여우 같은 것도 눈에 거슬리지만, 더 에이스는 쟁쟁한 선수들을 관리하는 초대형 에이전시잖아. 네 위상에 어울리는 대접을 받지 못하고 있는 것 같아서."

"에이전트 사업에 관심이 있는 줄은 몰랐는데?"

"최고의 위상에 적합한 전담 에이전시를 두는 게 나을 것 같아서 그러지. 아무래도 가족인 내가 나서면….."

"그건….. 시간을 두고 천천히 고심해 볼게. 아직 계약 기간이 많이 남아서 서두를 일이 아니거든."

어림도 없는 얘기였으나 초장부터 충돌하고 싶진 않았다.

그래서 에둘러 말했는데, 그걸 긍정적인 대답이라고 여겼는지 환한 미소를 보였다. 그 얼굴에서 보영의 느낌을 받았다.

역시 피는 속일 수 없다는 생각이 들었지만 참으로 얄팍한 수작이 아닐 수 없었다. 그 정도는 귀엽게 봐주려고 했건만 넘기고자 했던 그 화제를 물고 늘어졌다.

"계약 기간은 신경 쓰지 않아도 돼! 네가 결심만 선다면 그 정도는 얼마든지 알아서 처리해 줄 능력이 있는 회사거든!"

"크크. 더 에이스가 업계 최고라는 것은 부정할 사람이 없는데, 대체 어디서 컨택을 받은 거야?"

"골드핸드라고, 이미 관련 업계에서는 확 뜨고 있는 신흥 기업이야. 네가 온다면 지금보다….."

"누나! 그 얘긴 못 들은 거로 할게."

"왜?"

골드핸드라는 이름을 듣는 순간, 거부감이 확 일었다.

헬렌에게 전해 들은 단어이기도 했고.

아직 다 믿진 않지만, 이번 대회에서의 부상이 그들의 수작이었다는 말을 듣고도 웃는 낯을 유지하긴 어려웠다.

더욱이 핏줄을 통해 갚같은 불공정 행위를 서슴지 않는다는 사실이 속을 거북하게 만들었고, 그것도 모르고 앞잡이 노릇을 하는 태희를 보고 있노라니 심각성을 재고할 수밖에 없었다.

게다가 한순간에 표변한 태희는 더 실망스러웠다.

"최소한의 도리라는 게 있어! 서로 합의해 계약했고 나를 위해 최선을 다해 주는데, 그 신뢰를 외면하라는 거잖아!"

"가족을 믿고 함께하자는 거잖아."

"가족? 그렇지 우리 가족이지. 그렇다면 제 이익을 위해 되지도 않을 강요를 하면 더 안 되는 거잖아?"

"야! 어차피 네 수익의 일부를 떼어 가는 거잖아. 누이 좋고 매부 좋자는 건데, 꼭 그렇게 매정하게 말해야 해?"

"뻔뻔하긴!"

"뭐?"

감정이 앞서면 논리는 무의미해진다.

에이전시 업무에 대해 개뿔 아는 게 없기 때문에 이런 어이없는 소리를 지껄인다고 볼 수밖에 없다.

알아듣게 설명을 해도 받아들일 그릇이 되지 않는다는 생각이 앞서니 더 답답했다. 누이 좋고 매부 좋은 일이라니?

가족임을 부정하고 싶지 않다.

하지만 지금 자신이 지껄이고 있는 말이 동생에게 해가 된다는 것도 자각하지 못하고 오로지 제 이득만 생각하는 태희를 좋게 봐주기는 쉽지 않았다.

느낌 그대로 한마디 던졌는데, 발끈하며 낯빛을 바꿨다.

그렇다면 어쩔 수 없지.

"무식하면 나서지 마. 그저 돈 몇 푼 벌겠다고 이게 뭐 하는 짓이냐고?"

"너 정말 이렇게 나올 거야? 축하하러 온 누나한테."

"축하? 누나?"

선베드에 나란히 기대앉아 얘기하고 있었다.

파랗게 빛을 발하고 있는 아름다운 바다를 마주 보면서.

남매의 정을 새롭게 다지기에는 더없이 좋은 배경이었다.

하지만 제 성에 차지 않자 상체를 곧추세운 그녀가 도끼눈을 부릅뜨고 째려봤다.

애당초 개선의 여지가 없었다는 느낌이 들고 말았다.

그래도 누나이기에, 또 가엽다는 생각이 앞섰기에 좋게 풀어가려고 했다. 하지만 첫 번째 산부터 넘기 힘들었다.

부처도 아니고 뻔뻔한 그 태도부터 짓누르지 못하면 대화는 한 치도 진전되지 않을 것 같다는 판단이 섰다.

그래서 가장 깊숙한 곳을 푹 찔렀다.

"공금횡령, 불법투기, 주가조작, 마약류관리법 위반…."

"야!"

"한 푼도 건지지 못하고 개털로 만들어 줄 수도 있어!"

"네가 무슨 재주로?"

"나야 그런 힘이 없지. 하지만 증거는 차고 넘쳐. 아버지에게 그걸 넘기면 어떻게 될까?"

"이 새끼가…."

"어허! 진정하고 생각이라는 걸 좀 해 봐. 아직 받고 싶은 게 많이 남았을 텐데!"

"……."

"지금 아버지의 나를 향한 심정을 헤아려보라고. 누구 말을 더 들어 줄 것이며 누구한테 더 줄까? 특히 네가 저지른 비열한 짓들을 알게 된다면 아마 용서하지 않으실걸?"

"이 더러운 자식!"

믿기지 않을 것이다.

하지만 지은 죄가 많은 그녀로서는 정면대결이 두려울 수밖에 없을 것이다. 요즘 아버지의 태도를 보건대, 태주의 말은 아무렇게나 던지는 협박으로 들리지 않았다.

어려서부터 운동만 했던 덜떨어진 사고뭉치 남동생이 아니라는 사실을 깨닫는 것이 어렵지 않은 상황이었다.

그런데도 못된 성미는 죽이기 어려웠는지, 그 와중에도 입에 담으면 안 될 말을 뱉어내는 밑바닥을 보였다.

"일단 지금 벌이고 있는 모든 불법적인 사업 다 접어."

"무슨 불법?"

"그건 본인이 잘 알 거고 약도 끊어!"

"너 정말…. 임성진이 그 새끼지? 너 똥구멍 핥아 주는 놈이!"

"입 냄새하곤! 경고하건대, 무리수 두지 마. 누나한테 좋을 일 없으니까. 그리고 내 경고를 무시하지 않고 이행하면 적어도 딸이라고 적게 물려받을 일은 없을 거야!"

"김태주. 너…."

협박이라도 하고 싶었던 모양인데, 다음 말은 삼켰다.

아무리 봐도 씨알이 먹힐 것 같지는 않았기 때문이다.

일단 할 말은 다 던졌는데, 그대로 할 것 같지 않다는 것이 문제였다. 그렇게 고분고분할 인간이면 애초에 온갖 수작을 부리진 않았을 테니까.

하지만 모든 일에는 명분이 중요하고 수순이 중요한 법, 정확하게 자신의 입장을 밝힐 필요가 있었다.

그리고 한 가지 더 우려되는 부분이 있어 언급했다.

"골드핸드와는 연을 끊는 게 좋을 거야!"

"도와주지도 않을 거면서 남의 쪽박은 왜 깨는 건데?"

"쪽박을 깼다고? 연관이 있다는 거네? 어떻게?"

"그건 네가 알 바 아니고 다시 한번 생각해 봐."

"그래. 생각도 해 볼 거고 지켜도 볼 거야. 다만 난 누나가 가족들과 어울리기 쉽지 않다는 거 이해하고 많은 부분을 양보할 의향도 있어."

"진심이야?"

"응. 하지만 그 전제는 엄마, 아버지랑 화해하고 잘 지내는 거야. 화목하게!"

"됐고! 아버지한테 고자질이나 하지 마."

개선의 여지가 있다고 생각했는데, 역시 만만치 않았다.

부모님의 각별한 보살핌이 없었던 불우한 조기유학, 엄한 아버지와 아들 걱정에 눈물이 마를 날이 없어 딸은 돌보지 못했던 어머니의 무관심 속에 원만한 성격의 형성을 기대하긴 어려웠을 것이다.

부모님의 책임이 크다고 볼 수 있는데, 그 상처를 회복하려면 그녀뿐만 아니라 부모님들도 노력해야 한다.

문제는 그게 억지로 되기 어렵다는 점이었다.

도를 넘는 욕심과 문란한 생활을 오직 그녀 탓으로만 돌리는 것은 무리였기에 응징의 개념은 염두에 두지 않았다.

그래도 더 이상 어긋나는 것은 막아야 했다.

"임 팀장님. 누나한테 더 신경을 쓰셔야 할 것 같습니다."

"보스. 그 사안에 대해서는 회장님의 묵인이 필요합니다. 어느 길이 옳은지는 재론의 여지가 없지만 남들의 눈에는 후계 다툼으로 비칠 수도 있습니다."

"그럴 수도 있겠군요. 그건 제가 아버지께 양해를 구해 놓을 테니까 누나의 동향을 좀 더 면밀하게 살펴 주십시오. 팀장님에게 악감정을 품을 수도 있다는 것도 유념하셔야 하고요."

"그 점은 걱정하지 마십시오."

"특히 골드핸드와 얽힌 부분을 파헤쳐 봐야 할 것 같습니다. 제가 아는 한, 매우 위험한 조직인 것 같습니다."

"넵!"

이미 증거는 충분히 모아 뒀다.

아무리 미국 땅이 넓어도 한 대륙 안에 있는데, 남매라고 말하기 어려운 관계를 지속하는 것이 부담스러워 사전에 움직인 것이 도움이 되었다.

네깟 놈이 뭘 하겠다는 투일 때는 개의치 않았다.

방해만 되지 않아도 무방했으니까.

하지만 가시적인 성과를 이루고 졸지에 대스타가 되자 곧

바로 음흉한 속내를 감추지 않아 씁쓸했다. 얼마나 통제 가능할지 자신하기 어렵지만 일단 대화의 물꼬를 텄다는 사실에 만족했다.

그런데 지시 사항을 전달받은 임 팀장이 어정쩡하게 서 있었다. 뭐 마려운 강아지처럼.

"무슨 할 말이 있으십니까?"

"보스. 죄송합니다."

"뭐가요?"

"골프 베팅에 그렇게 거부감이 크신 줄 몰랐습니다."

"아! 괜찮습니다. 원론적인 입장일 뿐입니다."

"사실은 제가 돈을 좀 많이 벌었거든요. 보스 덕분에."

"그럼 앞으로 자제하시면 됩니다. 아주 건전한 수준으로."

"네. 꼭 그렇게 하겠습니다."

"그럼 됐죠? 지난 일은 개의치 마시고 골드핸드에 대한 정보를 취합하다 어려움이 생기면 헬렌과 협력하셔도 됩니다."

임 팀장은 알고 있을 필요가 있다고 판단해 헬렌에게 들은 정보를 일부 전해 줬다. 그런데 눈치 빠른 임 팀장은 개략적인 내용을 이미 인지하고 있었다.

실제 놈들이 부상을 유발한 것이라면 그건 묵고할 수 없다며 흥분하는 모습을 보였고, 태희가 연관되었다면 그건 더 큰 일이라는 입장도 밝혔다.

흥분하면 일을 그르칠 수 있으며 아주 민감하게 다뤄야 한다는 의견도 나눴다.

"아버지. 드릴 말씀이 있습니다."

"네 누나 얘기냐?"

"네. 감을 잡고 계신다면 말씀드리기 한결 편하겠네요."

"안 그래도 바쁜 네게 짐이 되게 해 미안하구나. 하지만 이제부터는 신경 쓰지 않게 하마."

"어떤 계획이 있으십니까?"

"응. 한국으로 데려갈 거야. 결혼시키려고."

"결혼이요?"

연애결혼이 아닌 것은 분명했다.

소위 명문가에서는 여러 조건을 따진 정략결혼이 흔하다.

태희의 전력을 보건대, 차라리 그게 나을지도 모른다는 생각은 들었다. 하지만 이미 불편할 대로 불편해진 관계인데, 태희가 고분고분 말을 따를지 의문이었다.

그러나 나쁘지 않다고 생각했다.

어찌 되었든 부모님과 함께할 시간이 길어질 테니까.

그래서 약간의 말을 보탰다.

"누나도 나름 많이 힘들 겁니다."

"허허허. 네가 그런 생각을 한다니, 다행이구나. 네 진로에 방해가 된다고 여긴다면 과감하게 걷어내 줄 생각이었는데."

"아버지. 누나도 우리 가족입니다."

"…그래. 나도 신경 쓰마."

"이미 다 큰 성인 여자입니다. 아버지에 대한 두려움이 큰 만큼 반감도 클 수 있다는 것을 감안해 주시면 좋을 것 같습니다."

"네게 부담을 주더냐?"

"준다고 부담을 느낄 제가 아닙니다. 그러니까 저는 상관하지 마시고 잘 보듬어 주셨으면 좋겠습니다. 적어도 폰을 대하는 것처럼."

태주는 상도가 폰을 아끼는 모습에 적잖은 충격을 느꼈다.

태식을 정말 친구로 여겼다는 것을 새삼 실감했는데, 문제는 그런 정성을 왜 자기 딸에게는 쏟지 않았는지 의아했다.

굳이 따져보자면 아이들이 어릴 적에는 현역 은퇴와 사업 초기라서 가정을 돌볼 여유가 적었을 가능성이 높다.

거칠고 세상 무서울 게 없는 이미지를 구축한 사람이지 않은가! 그로 인해 자신도 오해를 했던 게 사실이고.

하지만 자식을 돌보지 않은 것은 반성하는 것이 옳다.

이제 와 폰은 딸처럼 아끼면서 태희를 꿔다 놓은 보릿자루처럼 여기는 것은 합당한 일이 아니며 다시 생각해 봐야 한다.

그런 말을 아들의 입을 통해 듣는 것이 가슴 아팠을까?

상도는 아무 말 없이 눈을 감고 침묵을 지켰다.

'뭐지? 이 싸한 느낌은?'

물을 수 없었다.

딸에게 실망이 컸던 것인지, 그 이전의 근본적인 문제가 있었던 것인지, 알 길이 없어 답답했다.

하지만 그 어떤 이유든 이젠 흩어진 가족의 관계를 회복해야 한다. 그게 자신이 도전을 이어 가는 밑천이 된다고 생각했기 때문에 이번 기회에 상도가 주도적으로 정리하길 바랐다.

다행히 알겠다는 뜻을 비쳤고 서재에서 나온 태주는 보영과 비슷한 얘기를 나눴다.

그런데 그녀의 반응도 예상한 것과는 달랐다.

자기 딸이 맞는지 의문이 들 정도로 차가운 반응을 보였다.

"제가 모르는 뭔가가 있군요?"

"차라리 넌 모르는 게 나아. 그리고 네가 그렇게 말해 줘서 아빠랑 나는 정말 고마워."

"과거에 어떤 일이 있었든, 이젠 다시 시작해야 합니다. 유라가 곧 아이를 낳을 테고 누나도 결혼하면 가정을 꾸릴 테니까 누가 봐도 화목한 가정을 이루고 싶습니다."

"그렇게 해야지. 그럼!"

찜찜했으나 과거는 과거로 묻어 두기로 했다.

자신은 꿈을 향한 도전을 이어 갈 테지만 부모님과 유라, 태희, 그리고 폰이 한 방향을 보고 함께 나갈 수 있길 바랐다.

문제없는 집안이 어디 있나? 유라가 제 몫을 잘하고 누나마저 화합할 수 있다면 더 이상 바랄 게 없을 것 같았다.

부상은 믿기지 않을 만큼 빠른 차도를 보였다. 그 과정에서 긴가민가했던 추론 하나를 확실히 증명하게 되었다.

폰이 부상 회복에 크나큰 영향을 미친다는 사실!

골프의
삶이
강렬
했다

4화. 힐러(Healer)

골프의
신이
강림했다

"그런 능력자가 실제로 존재합니까?"

"보겠나?"

게리 브라운을 만났다.

가족들을 모두 저녁 만찬에 초대해 기꺼이 응했다.

밴드까지 부른 정성스러운 파티를 즐기느라 다들 여념이
없는 사이, 태주는 브라운과 독대를 하게 되었다.

그런데 믿기 힘든 화두부터 꺼냈다.

Psychokinesis, 염력에 관한 말을 꺼내더니 동석한 올
리비아에게 시범을 보이라고 지시했다.

아주 초보적인 수준이라고 말했으나 5m 떨어진 서재 구

석에 놓인 퍼팅 연습 매트에 놓인 공을 건드리지 않고 움직였다.

"어? 저게 사실이라면 반칙 아닙니까?"

"허허! 당연하지. 하지만 증거가 없잖아. 그리고 두고두고 문제가 될 테니까 실전에서 저런 짓을 할 수는 없지."

"그런 염력의 고수가 저를 공격했다는 겁니까?"

"눈치를 채고도 막아 주지 못해 미안하네. 하지만 워낙 갑작스러운 시도였고 우리 측의 대처가 어설펐어. 헬렌이 수를 내지 않았다면 우승도 힘들었을 걸세!"

"그 말씀 책임지실 수 있습니까?"

"내 명예를 걸지! 이번에 된통 당한 리처드가 추후 더 거세게 나올 가능성이 크기 때문에 필히 대비를 해야만 하네!"

그가 명예를 건다면 다 거는 것이었다.

의심의 여지는 없었고 그의 말을 주의 깊게 듣지 않을 수 없었다. 그의 말은 헬렌보다 더 구체적이었다. 사실을 인지할수록 강한 위험신호가 느껴진 점도 간과할 수 없었다.

염력을 사용하는 능력자는 극히 소수라고 했다. 또한 자신의 능력을 인지하지 못하는 경우가 대부분인데, 리처드라는 노인이 그걸 감지할 수 있으며 각성시키고 훈련시켜 세력을 형성했다고 말했다.

"과학기술이 첨단화된 현대사회에서는 별 소용이 없지 않나요?"

"그렇지. 최대치의 능력이라도 방아쇠를 당기는 파괴력에 미치지는 못하니까. 하지만 무색무취하게 활용한다면 매우 위험한 용도로 쓰일 수도 있지."

"승부 조작과 같은 거 말입니까?"

"최고의 투수가 별다른 부상도 없는데 1회부터 왕창 두드려 맞고 강판되는 경우, 결정적인 승부에서 골키퍼까지 제친 스트라이커가 어이없는 실축을 하고 땅을 치는 경우, 또한 자네처럼 완벽한 스윙을 구사하는 선수가 치명적인 손목 부상을 입는 경우, 거기에 걸린 돈이 천문학적이라면 비천한 재주가 사람의 운명을 뒤바꾸는 칼이 되는 셈이지!"

듣고 보니 그랬다.

언제나 치열한 승부는 한 끗 차이에서 결정된다.

온전한 인간의 의지와 노력이 부딪쳐야 할 순간에 삼자가 개입해 영향을 미친다면, 그건 상상하기도 싫었다.

그런 기준에서 보자면 자신의 PGA 챔피언십 우승은 가히 기적이라고 불러야 할 것 같았다.

그런데 그런 생각을 엿본 것일까?

브라운은 보다 직접적인 얘기를 꺼내 태주를 당황시켰다.

"난 자네도 초월적인 능력을 지녔다고 생각해."

"브라운. 제가 흘린 땀의 가치를 그리 말씀하시는 것은 납득하기 어렵습니다."

"아! 내가 어찌 자네의 노력과 재능을 폄하하겠나! 그런 의미가 아닐세. 내가 보는 관점은 그것과는 결을 달리하는 방향인데, 난 자네가 초감각을 지닌 성인이라고 보고 있네."

홀리 세인트(Holy Saint)라는 표현이 등장했다.

초감각을 지닌 특별한 존재로 본다는 말은 반박하지 못했다. 그렇게 거창한 뭔가는 아닐지 몰라도 가끔 등장하는 기이한 현상은 동일선상의 잣대로 재야 할지 모른다는 생각이 들었기 때문이다.

자신의 비밀에 대해서 공개하거나 인정할 의향이 없었다.

하지만 태주가 신중한 태도를 보이자 브라운은 보다 적극적으로 비밀에 다가서려고 했다.

그건 본능을 자극하는 행위로 느껴졌다.

"브라운. 저도 상상은 해 봤습니다. 신과 같은 능력을 지녀 하는 샷마다 의도한 결과를 팍팍 내면 얼마나 좋을까,

그런 야무진 상상. 그러나 피륙으로 이뤄진 인간의 한계는 분명합니다. 그래서 죽어도 좋다는 각오로 제 한계를 깨려고 노력했고, 부상을 입고도 끝까지 최선을 다했습니다."

"난 자네의 성취를 폄하할 생각이 전혀 없다니까. 이건 결이 다른 접근이라는 점을 양해해 주게."

"제 눈으로 직접 봤고 그럴 수 있다는 것은 인정합니다. 하지만 저를 그런 시각으로 바라보고 해석하며 대응하는 것은 용인이 되질 않습니다."

결국 받아들일 수 없다는 확고한 의지를 드러낸 셈이다.

아예 관여하고 싶지 않았다.

본능에 가까운 강한 거부감이 일었다.

위험하다는 전제가 깔렸고 자신이 온 힘을 다해 달려온 골프가 그런 비과학적인 요소로 오염되는 것이 싫었다.

그러나 엄연한 현실이라는 인식도 없진 않았다.

다행이라면 헬렌이나 브라운이 자신에게 우호적이라는 점이다. 또한 자신을 해하려는 세력이 있다는 것도 부담이었다.

그럼에도 불구하고 내린 결론은 그 물결에 합류하지 않겠다는 거였다.

"오케이! 자네의 생각과 입장은 십분 이해해."

"고맙습니다."

"하지만 난 나 대로 대비하지 않을 수 없다는 점도 이해해 주면 좋겠어. 나와 내 일족에게는 매우 중요한 문제거든."

"저도 그 입장 존중하겠습니다. 또한 저에 대한 관심과 수고에 진심으로 감사드립니다."

브라운은 웃었다.

하지만 그의 미소에 허탈한 감정이 묻어 있다는 느낌은 지울 수 없었다.

뭔가 통하리라고 생각한 것 같은데, 동의할 수가 없었다.

지켜야 할 비밀이 너무 거대하고 사적이었기 때문이다.

적어도 그런 세상과 움직임이 있음을 확인한 것은 다행이었고, 앞으로 브라운과 마틴이 자신에게 중요한 인물이 될 수밖에 없음도 인정하지 않을 수 없었다.

'그러고 보면 절대 가벼운 인연이 아니었다는 건데….'

자신은 수많은 루키 중의 한 명이었다.

시작부터 무서운 기세로 치고 올라갔지만 그런 유망주가 어디 한둘이어야지, 넘볼 수 없는 부를 이뤘고 연배마저 차이가 큰 그들과 격의 없는 관계를 유지할 수 있었던 것은 자신의 의지가 아니었다.

그들이 먼저 다가왔고 묘하게도 인연이 끊이질 않고 이어졌다. 어쩌면 비범한 그들이 자신의 특별함을 알아본 것일지도 모른다는 생각이 들었다.

그렇다고 하더라도 내 패를 까고 갈 수는 없었다.

* * *

주말이 되었지만 한가로웠다.

시끌벅적하던 해변 주택이 썰렁해진 이유는 어제 다들 각자의 위치로 돌아갔기 때문이다.

부모님은 그렇다 쳐도 유라는 더 있어도 괜찮을 것 같은데, 아이를 낳기 전에 못다 한 신부수업을 끝내겠다는 포부를 밝혀 어쩔 수 없었다.

요리 솜씨는 이미 인정할 수 있는 수준이라고 말했는데도 잡은 목표는 꼭 이루겠다는 고집을 부렸고, 7월 말로 예정된 결혼식 준비를 제대로 하고 싶은 게 더 큰 이유 같았다.

그나마 폰이 남았는데, 녀석도 이곳에 눌러앉을 생각은 없었다. 모처럼 휴가를 받아 한국에 들어간 홍 프로의 빈자리를 메우기 위해서 남았을 뿐이었다.

"오빠!"

"왜?"

"안 씻고 뭐 해?"

"어차피 땀 흘릴 텐데, 아침 운동 끝나고 씻으려고."

"으이그. 더럽긴! 그럼 세수라도 하고 내려와."

만 17세, 한국으로 치면 고2에 불과하다.

하지만 녀석은 시어머니 저리 가라 할 정도로 엄한 코치 역할을 수행했다. 평소 태주는 절대 게으른 성격이 아니다.

하지만 늘 폰이 반발 빨랐다.

5시에 기상해 제정신이 들 때까지 잠시 침대와 벗하며 누워 있다가 일어나는데, 그새를 못 참고 방까지 달려왔다.

시원한 아침 공기를 들이켜며 함께 뛰었다.

"제법이네?"

"체력은 오빠보다 내가 나을걸?"

"까불긴! 그럼 저기 찍고 집까지 누가 먼저 가나 내기할까?"

"바보야? 어떻게 같은 잣대로 재? 남자와 여자의 차이가 엄연한데."

"겁나?"

"아니. 그렇게 무리하면 안 되니까. 정확한 루틴을 지키란 말이야!"

도발에도 넘어가질 않았다.

그 덕분에 제대로 체력을 끌어올릴 수 있었고 헬렌에게 연락해 예정된 대회 일정을 소화할 것이라고 통보할 수 있었다.

부상 회복이 우선이었고 가족들과 주중 내내 시간을 보내며 운동을 쉬는 바람에 의욕만 앞세우면 역효과가 날 수도 있다.

실제 스윙 감각은 온전하지 못했으나 체력이 받쳐 준다면 단계를 밟아 나가며 정상 컨디션으로 경기에 임할 수 있다는 결론에 도달했다.

알찬 체력 훈련 일정을 소화한 태주는 화요일에 더블린에 도착했다.

"TJ."

"직접 온다는 말은 없었잖아요."

"이 반응은 뭐죠? 기다린 사람 머쓱하게."

"반갑다는 말이죠. 흐흐."

"어? 우리 꼬마 아가씨도 같이 왔네?"

"반갑습니다. 헬렌. 제가 오빠 캐디백을 멜 거거든요."

"그래? 프로 지망생이라는 말은 들었는데, 가능한가?"

헬렌이 공항에 직접 와 있었다.

올 줄은 알고 있었지만, 아직 대회가 시작된 것도 아니라서 예상하지 못했다. 그런데 이젠 매 대회마다 자신이 처음과 끝을 함께할 수밖에 없다고 말했다.

정례적 기자회견이 최고의 선수에게 주어지는 권리이자

의무라고 언급했고 태주도 공감하고 받아들일 수밖에 없었다.

출전 자체도 화제지만 말 한마디에 흥행이 달려 있기 때문에 사전에 대비하고 임해야 한다는 데도 동의했다.

부담이 아닐 수 없었다.

그런데 환상의 호흡을 보여 준 홍 프로를 대신해 꼬마 아가씨가 캐디로 나선다고 하니 태주에게 되물어본 것이다.

"크크. 가능할 겁니다."

"오빠!"

"알았어. 알았어! 하우스 캐디보다는 훨씬 나을 겁니다."

"이 씨! 진짜 그럴 거야?"

"이 녀석이 태국 주니어 골프 대회 우승 경력도 있고 저와는 호흡도 좋아서 걱정할 필요가 없을 겁니다. 아버지도 추천하실 정도니까."

그제야 헬렌도 안심한 얼굴이었다.

그런데 말을 하고 보니 간과한 것이 있었다.

사실 폰은 한국에 가고 싶다는 의향을 밝혔었다. 살고 싶다는 뜻은 아니었고 그 나이 아이들이 그렇듯, 한국에 대한 환상이 있어서 꼭 한 번 가 보고 싶다는 의향을 밝혔었다.

별생각이 없었는데, 오겠다는 홍 프로에게 한 주 더 휴가를 주자는 의견을 낸 것도, 폰에게 캐디를 맡겨 보라는 것도 상도의 의견이었다.

'혹시 이 녀석의 힐러 재능을 눈치챈 건가?'

힐러(Healer)는 RPG 팀플레이 게임 용어다.

아군을 지원하는 역할인데, 깎인 체력을 회복시켜 주고 피해를 최소화시켜 주며 때론 아군의 능력을 상승시키는 버프를 걸어 주는 의무병과 비슷하다.

이번 부상과 관련해 폰의 신묘한 능력을 확인하고 적잖이 놀랐다. 하지만 그건 본인만 아는 비밀이라고 생각했는데, 그렇지 않다는 느낌을 받았다.

그렇지 않다면 그도 인정하는 월등한 파트너인 홍 프로의 복귀를 미루라고 권하진 않았을 것 같았다.

'그래도 앞길이 창창한 아이인데?'

'프로로 대성할 재능을 지녔음을 인정했고 누구보다 아끼는데, 내 전담 캐디를 하라는 건 아니겠지?'

'혹시 나처럼 더 큰 확신이 필요했던 건가?'

그렇지 않을 수도 있다.

지아비와 아이까지 있는 홍 프로가 오랜 시간 가족들과 떨어져 지내는 것을 보며 그녀도 우리 가족들처럼 달콤한 휴가가 필요하다고 봤을 수도 있다.

또한 골프에 재능이 넘치는 폰이 보다 큰 무대인 PGA를 캐디로 뛰어 보면서 배우기를 바랐을지도 모른다.

홍 프로처럼 자기 꿈을 다 펼쳐 보고 은퇴한 입장과는 다른데, 아무리 아들을 귀하게 여겨도 앞길이 창창한 폰이 전문캐디가 되길 바라는 것은 아비의 이기심이라는 생각밖에 들지 않았다.

'그럴 리는 없을 거야!'

'그래. 넘겨짚지 말자!'

뮤어필드 빌리지 골프클럽.

메모리얼 토너먼트가 열리는 이 코스는 호스트인 잭 니클라우스가 직접 설계한 멋진 코스로 1974년에 완공되었다.

메이저 대회를 제외하고 PGA 투어에서 처음으로 갤러리 매진을 기록했을 정도로 골프 팬들에게 인기가 높은 대회였다.

PGA에 5개의 초청(invitational) 대회가 열리는데, 가장 상금 규모가 크며 인지도도 높아 상위 랭커들이 빠짐없이 출전한다.

다른 투어대회가 평균 144명이 출전하는 것에 비해 130명 이하만 초청되며 참가 조건도 PGA 공식 랭킹 시스템에 따르지 않아도 되기에 주최 측 재량이 큰 편이다.

기자회견에 임한 태주는 호스트 칭찬으로 입을 뗐다.

"정말 아름다운 코스로군요! 이런 코스를 설계하고 대회
에 초청해 주신 호스트, 잭에게 진심으로 감사드리고 한시
바삐 저 보드라운 페어웨이를 밟아 보고 싶을 뿐입니다."

— 이제 부상은 완쾌가 되신 겁니까?

"네. 부상은 회복되었지만 아직 몸 상태가 완벽하진 않
습니다. 그래도 계획에 따라 컨디션을 끌어올리고 있기 때
문에 경기를 소화하는 데는 아무 문제가 없을 것으로 사료
됩니다."

— 그렇다면 11연승을 기대해 봐도 될까요?

"최선을 다하겠습니다."

대회에 임한 누구라도 기자가 마이크를 갖다 대면 그렇
게 말할 것이다. 열성 팬들은 흥분을 감추지 못했으나 역
시 거만하다는 평가도 없지 않았다.

무려 10연승에, 메이저 대회까지 거머쥐었지만 이젠 도
리어 시기하는 시선이 더 많아졌다는 느낌을 받았다.

그런데 도착한 날 저녁, 반가운 얼굴을 만났다. 심각한
교통사고에서 돌아온 골프 황제 타이거 우즈가 태주를 만

나러 연습장으로 찾아왔다.

"TJ."

"어? 타이거. 만나서 영광입니다."

"제가 영광이죠! 대체 어떤 괴물인지 궁금해서 이렇게 찾아왔습니다. 혹시 제가 연습에 빙해가 된 건 아니겠죠?"

"방해가 된 건 맞습니다. 하지만 당신과 함께하는 시간 이라면 언제든 환영입니다."

"다행이군요. 하하하!"

우즈도 옥수수수염 차를 칭찬했다.

따로 만나 특별한 이야기를 나눈 게 아니다.

그는 태주 옆에 짐을 풀었고 나란히 서서 연습에 임했다.

마치 오랜 벗처럼 자연스러운 그의 행동에 아무런 부담도 느끼지 못한 태주도 연습에 집중했고, 가끔 쉴 때 차를 나눠 마시며 잡담을 나눴다.

서로의 스윙에 대해서는 별 의견을 나누지 않았다.

그도, 태주도 부상에서 복귀는 했지만 아직 최고의 컨디션은 아니었기에 스윙 리듬을 잡는 데 주력했기 때문이다.

흥미로운 것은 폰의 행동이었다.

"아저씨. 왜 백스윙을 그렇게 업라이트하게 가져가세요?"

"왜일까?"

"음…. 제 생각에는 본인 스스로 파워가 약해졌다고 생각하셔서 더 찍어 치시려는 것 같아요."

"빙고! 그런데 네 눈에는 그게 이상하게 비치냐?"

"아저씨 스윙을 너무 많이 봐서 그런 것 같아요. 십 년 이상 몸에 굳은 좋은 스윙을 바꾸기보다 거리를 조정하는 게 낫지 않을까요?"

"글쎄…. 나도 그런 생각은 해 봤지. 아직은 결론이 나질 않아 다양한 시도를 해 보는 거야."

사실 태주도 영어구사력이 좋은 건 아니다.

다만 자신 있게 하고 싶은 말을 던질 뿐.

폰은 더 심각했다. 아무래도 어휘부터 딸리기 때문이었다. 웬만하면 부끄러워 입을 열기 힘들 것 같은데, 그렇지 않았다.

오히려 우즈는 귀여워 미치겠다는 듯 받아들였고 그 내용에도 상당 부분 공감해 주는 대가의 면모를 보였다.

그리곤 연습할 때마다 마치 사전에 약속이라도 한 사람처럼 곁에 다가와 함께 매진했는데, 그 이유가 흥미로웠다.

"나도 한때는 자네랑 비슷했어. 처음에는 따돌림 비슷하게 다가오질 않더니, 잘나간 뒤로는 오히려 부담을 느끼는 것 같더군!"

"그럴 수도 있겠네요."

"옆자리가 가장 한가로운 선수, 그가 바로 최고라는 의미야. 나랑은 의미가 좀 다르지. 내게는 지겨운 시선이 따라붙거든."

"그러면서도 은퇴를 고려하지 않는 이유가 궁금합니다."

"은퇴?"

실례가 될 수도 있는 말이다.

하지만 대놓고 묻는 사람은 없었기 때문인지, 당황한 듯 받아들였던 그는 빙긋이 웃더니 의외의 대답을 꺼냈다.

골프 말고는 할 게 딱히 없더라고.

그나마 필드에 있어야 마음이 편하다는 말을 통해 그의 심정에 공감이 갔다. 자신도 그럴 것 같았다.

자존감이 가장 크게 부풀어 오르는 공간, 태주에게도 잔디밭이었다.

"연습 라운드 일정을 조정해 달라고 했는데, 괜찮나?"

"저야 영광이죠!"

"그딴 소리 좀 그만해. 솔직히 나야말로 영광인 거지. 현역 최고의 선수와 함께 있잖아."

"제가 형이라고 불러도 됩니까?"

"나야 좋지! 그게 한국 정서라는 거지?"

"네. 윗사람 대접을 받는 대신 밥을 자주 사시면 됩니다."

"흐흐. 그거야 뭐 어렵겠어."

부상 때문에 오랜 기간 대회에 출전하지 못해도 그의 수입은 대단하다. 광고, 초상권 수입이 적지 않기 때문이다.

한때 여자 문제로 속앓이를 했고 슬럼프와 부상도 여러 차례 겪었지만, 누가 뭐래도 그는 살아 있는 최고의 전설이었다.

믿기 힘든 대부분의 기록은 다 그의 것이다.

비록 세계 랭킹도, 페덱스 포인트도 바닥을 치고 있지만, 그가 복귀한다는 것만으로도 골프 관련 뉴스에 도배가 된다.

그런 위대한 인물이 친하게 지내자고 먼저 다가왔는데, 거부할 이유가 없었다. 오히려 좋은 느낌을 받았다.

서로의 스윙에 대해 일절 언급하지 않는 것도 신기했다. 입이 근질근질거렸지만 참는 이유는 그를 진심으로 존중하기 때문이었다.

동반 연습 라운드를 나가 처음 지적을 받았는데, 스윙이 아닌 코스 공략에 대한 이견이었다.

"이 홀은 270야드만 공략하는 게 좋아!"

"왼쪽 페어웨이를 노리는 것은 어떻습니까?"

"캐리만 320야드를 넘겨야 하는데? 하기야 자네라면 가능하겠지. 하지만 랜딩 에어리어가 비좁고 왼쪽에서 2온을 하려면 아일랜드 홀처럼 느껴져 부담이 커."

"그래도 220야드 안쪽이 남으면 아이언 투온이 가능하지 않습니까!"

"또 다른 변수가 있는데, 한 번 시도해 봐. 직접 겪어 보는 게 가장 좋거든."

527야드 파5 홀이었다.

315야드 지점에 페어웨이를 가로지르는 도랑이 있는데, 거기부터 우측으로 35도가량 휘는 도그렉 홀이었다.

그 도랑이 페어웨이를 두 쪽으로 갈라 놓으며 점점 넓어지다가 그린 좌측으로 빠져나가는 까다로운 설계였다.

그래서 안전하게 270야드만 보내고 이후 우측 페어웨이를 통해 3온 1퍼팅 작전을 전개하라는 의미였다.

뮤어필드에서 5승을 거뒀던 우즈의 경험이 담긴 조언이었으나 태주는 2온이 가능한 홀이라고 판단해 밀고 나갔다.

"우후! 맞바람이 장난이 아니군요!"

"그렇지. 클리블랜드 이리호(Lake Erie) 쪽에서 불어오는 바람이 상당히 거세지. 더 힘든 것은 가늠하기 어려울 뿐더러 가끔 동풍으로 바뀌기도 한다는 거야."

"티샷을 잘해도 세컨샷이 또 문제가 되겠군요."

"응. 저 너머에 흐르고 있는 강이 영향을 미치는 것 같아."

작정하고 때렸지만 타구는 도랑을 넘기는커녕 앞에 떨어져 물로 굴러떨어지고 말았다. 해저드 벌타 드롭을 했더니 232야드가 남았다.

아이언은 버거워도 22도 유틸리티면 충분하다고 판단했다. 그런데 이번에도 그린에 미치지 못하고 러프에 떨어진 타구가 경사를 타고 구르더니 다시 해저드에 빠지고 말았다.

아무리 연습라운드라도 한 홀에서 2번이나 퐁당한 태주는 당황하지 않을 수 없었다. 혹시 몰라 살짝 우측을 봤는데, 맞바람에 동풍까지 섞인 바람은 인정사정 봐주지 않았다.

유난히 그린 앞 해저드가 많은 게 이 코스의 특징이었다. 내륙 코스라서 바람이 적다고 생각했는데, 오산이었다.

"수고하셨습니다."

"수고야 자네가 했지. 더블보기 둘에 보기 넷, 어때?"

"쉽지 않네요. 코스공략에 대한 심사숙고가 필요할 것 같습니다."

"내가 팁 좀 줄까?"

"아닙니다. 일단 부딪쳐 봐야죠."

"꼬마 아가씨도 수고했어!"

"아저씨도 고생하셨어요. 후반에 샷 감이 돌아오신 것 같아 저도 기분 좋았어요."

"고마워. 그런데 스윙만 보지 말고 코스전체 공략방법에 대해 생각을 많이 해야 해. 이번 주는 프로지망생이 아니라 캐디잖아."

"아! 그러네요."

실험적인 시도가 많았다.

그래도 3오버는 심했다.

하지만 우즈가 지적했다시피 폰과는 전략을 상의하기 어려워 이번 대회는 홀로 싸워야한다.

그래서 스코어보다는 코스를 파악하는 것에 더 집중했고 잔디의 질과 환경의 영향에 대해 더 집중할 수밖에 없었다.

폰은 태주와 우즈의 스윙에 관심이 많았는데, 우즈의 조언을 듣고 나서야 본인의 역할을 인지한 것 같았다.

"미안해요. 오빠."

"뭐가?"

"캐디가 야디지 북을 정리해야하는데, 깜빡했어요."

"기대하지 않았으니까 미안해할 필요 없어."

"……"

실제 기대하지 않았지만 그 말에 상처를 받은 게 분명했다. 하지만 화를 내진 않았고 그날 저녁 내내 보이지 않아 임 팀장에게 녀석의 행방을 확인할 수밖에 없었다.

그런데 아주 깜찍한 짓을 하고 있었다. 대회를 앞둔 코스는 출입이 통제되건만 거길 몰래 숨어들어 갔다고 했다.

안 봐도 그 의도가 훤히 보였다.

연습 라운드를 끝내고도 거리조차 표시하지 않은 야디지 북을 완성하기 위해서일 것이다.

주최 측이 제공한 북에 개략적인 정보는 있지만, 그것만으로는 부족해 보완해야 하는데, 홍 프로의 빈자리가 느껴졌다.

그리곤 다음 날 아침, 다른 요청을 했다.

"오빠. 우리 프로암은 왜 안 나가?"

"스윙을 점검하는 게 더 나을 것 같아서."

"지금이라도 출전이 가능하다면 우리 나가자. 나 어제 조사한 거 정확한지 확인하고 싶어."

"너 다신 그런 짓 하지 마. 걸리면 망신이야."

"치! 걸리긴 왜 걸려. 도망치면 되지."

녀석의 말처럼 다람쥐처럼 쏙쏙 도망쳤을 것이다.

하지만 발각이 되면 적어도 캐디로 필드를 밟는 것은 불가능할 것 같아 임 팀장이 더불어 수고를 했었다.

폰은 까맣게 모르고 있지만.

투어 대회의 위상은 여러 가지로 평가되는데, 메모리얼 토너먼트의 경우는 거액의 자선기금 조성으로 유명하다. 특히 수요일 프로암 대회는 거액을 기부한 유명인사와 우승 후보들이 짝을 이뤄 플레이하는 데 자선의 뜻이 담겨 있다.

일종의 재능기부이기에 웬만하면 참가하는 것이 옳다.

그걸 알지만 팬들에게 완벽한 스윙을 보여 주는 것이 더 중요하다고 판단해 참가하지 않기로 결정했다. 그런데 아침 운동 때부터 보채는 폰 때문에 헬렌에게 연락을 해야만 했다.

"마틴! 언제 오셨습니까?"

"방금. 근데 라운드를 나가라더군!"

"그럼 오늘 프로암에 저랑 함께 나가시는 분이?"

"그런가 봐. 허허허."

오랜만에 만난 마틴은 매우 지쳐 보였다.

하지만 태주와의 라운드는 기대가 컸는지 연신 웃음을 보였다. 애당초 그는 프로암에 참가할 의향이 없었다.

적어도 몇만 달러는 기부해야 하는데, 참가를 포기했던 태주가 나선다고 하자 헬렌이 급하게 조치를 취했던 것이다.

그 덕에 의미 있는 시간을 보내게 되었다.

폰은 폰 대로 야디지 북 작성에 흥미를 보였는데, 그 일련의 작업이 추후 프로로 활약하는 데 큰 도움이 될 것 같았다.

또한 마틴에게는 게리 브라운에게 전해 들은 것보다 더 구체적인 상황설명을 듣게 되었는데, 의식하지 않을 수 없었다.

"이전과 같은 무식한 짓은 하지 않을 걸세!"

"다행이네요. 그런데 어떻게 그걸 확신하십니까?"

"보여 줬거든! 누가 더 센지!"

구체적인 언급은 회피했지만 가늠은 할 수 있었다.

임 팀장으로부터 보고받은 마틴의 조직은 무시무시했다.

과거형을 쓰고 싶지만, 세계 경찰을 자처하는 미국의 지하조직을 한때 평정하다시피 했던 그 세력은 아직도 쟁쟁했다.

허접한 초능력자 몇을 동원한다고 넘볼 수 있는 규모가 아닌 것이 국가 간 민감한 분쟁에 나설 수 없는 국가기관을 대신해 요인 암살, 시설 폭파와 같은 은밀한 작전까지 수행했다.

고로 아무리 골드핸드가 발악을 해도 그 타깃만 명확하게 규정이 되면 가볍게 누를 수 있는 힘을 갖췄다.

도발을 받았으니 그에 상응하는 보복을 했던 것이다.

"든든하네요!"

"그나저나 아직 컨디션이 올라오지 않았다던데, 갑자기 프로암 대회는 왜 나온 거지?"

"코스가 너무 예뻐서요!"

그렇게 대충 둘러댔지만 서늘한 봄 날씨에 좋은 필드를 밟는 것은 언제나 즐거운 일이었다.

매력적인 언듈레이션이 돋보이는 지형, 세련된 코스디자인과 깨끗한 잔디 컨디션을 지닌 뮤어필드가 왜 최고의 명문 회원제 골프클럽인지 깨닫게 해 줬다.

특히 눈이 부시도록 하얀 벙커 모래와 짙은 나무 색에 햇살에 반짝이는 개울 빛의 시각적인 조화는 모든 샷에 긴장감을 불러올 정도로 최고의 상태를 유지하고 있었다.

"이 정도면 오거스타 내셔널에 버금가지 않나요?"

"각각의 매력이 있지. 사람마다 다르겠지만 난 오거스타가 더 좋다고 느껴져."

"하기야 전 아직 오거스타는 못 가 봤습니다. 하지만 아무리 좋아도 여기보다 나을 것 같지는 않습니다."

"한국의 강산을 보고 자라서 그럴 거야. 나도 평평한 링크스 코스는 정이 가질 않더군."

"특히 페어웨이와 러프의 색 대비가 이렇게 뚜렷한 곳은 처음입니다. 풀을 깎는 작은 일에도 정성을 기울인다는 의미 아닙니까!"

한가로운 느낌이 들 정도로 편안한 라운드를 즐기는 것 같았지만 실제는 그렇지가 않았다. 폰이 정성을 들이는 만큼 태주도 코스 파악에 관심을 쏟았다.

아름다운 이 코스 구석구석을 모두 뇌리에 저장이라도 하려는 듯 세심하게 살폈으며, 전략적인 공략을 위한 다양한 시도도 서슴지 않았다.

그 의도를 파악한 마틴도 협조했는데, 그래도 팀 성적은 좋았다. 최고의 골퍼 태주 때문이라고 생각하겠지만 그건 사실이 아니었다.

마틴 문이 아마추어라고 보기 힘든 고수였기 때문이었다. 포볼, 포섬이 섞인 방식이었는데, 최종 3언더로 준우승을 차지했다.

"만찬에도 참석해야 합니까?"

"그래야지. 명색이 준우승인데. 허허허!"

거금을 투척한 유명 인사들을 위한 만찬은 성대했다.

초대 가수까지 무대에 올라 한껏 분위기를 돋웠는데, 헬렌도 합석했고 우즈도 이쪽 테이블로 자리를 옮겨오는 바람에 가장 많은 시선을 끌었다.

마틴, 헬렌도 태주가 타이거 우즈와 스스럼없는 사이가 된 것에 적잖이 놀란 눈치였다. 접점을 찾기 어려웠기 때문인데, 우즈가 먼저 다가왔다고 미처 생각지 못한 것 같았다.

그런데 그 자리에서 우즈가 묘한 행동을 했다.

"폰. 뭘 그렇게 열심히 해?"

"야디지 북을 다듬고 있어요. 좀 이상한 게 있는데, 좀 봐주실래요?"

"어디 보자."

처음 앉을 때부터 폰을 사이에 둔 태주의 옆의 옆자리였다.

파티가 어떻게 돌아가든 식사를 얼른 해치운 폰이 야디지 북과 씨름하고 있었는데, 태주는 그게 다 공부라고 생각해 그냥 놔뒀었다.

그런데 우즈가 관심을 보이는가 싶더니 이내 폰에게 이런저런 설명들을 보태는데, 얼핏 들어도 그건 피와 살이 되는 조언이었다.

폰을 돕는 것은 결국 태주를 이롭게 하는 행위인데, 납득하기 어려운 지점이었다. 하지만 그런 생각이 처음부터 없었던 폰은 더 적극적으로 물었고 그는 꼼꼼하게 설명했다.

자신의 경험담까지 담아.

그러다 헬렌의 음성에 고개를 돌렸는데, 누군가 다가오

고 있었다. 보는 순간, 온몸에 소름이 돋았다.

"아이고! 여기 계셨구려. 마틴."

"…우리가 인사를 나눌 사이였던가요?"

"왜 이러십니까! 되로 주고 말로 받은 사람한테!"

"헬렌. 소금 좀 가져오라고 해."

"소금이요?"

"허허허! 이 친구가 바로 그 유명한 TJ KIM이군!"

미녀가 밀어 주는 휠체어를 타고 있어 더 눈에 띄었다.

마치 고향 후배를 만난 것처럼 반갑게 인사를 건넸지만 담담한 표정을 유지한 마틴은 차가운 응대로 일관했다.

말에 뼈가 있었으나 당했음을 인정하고도 여유를 잃지 않는 리처드, 역시 평범한 인간이 아님을 보여 주는 듯했다.

소금을 가져오라는 의미를 모를 수도 있지만 분위기가 더 삭막해졌는데도 노인의 눈빛은 흔들리지 않았다.

'만만한 노인네가 아니군!'

이곳에 입장한 걸 보면 자선기금을 듬뿍 냈다는 말이다.

돈에 죄가 묻어 있는 것은 아닐 테고, 이제 나도 골프계에 관심을 가지겠다는 의미로 해석할 수 있었다.

리처드는 우즈와도 안면이 있는지 눈인사를 나눴다. 그러나 이내 태주에게로 시선을 던지고는 꿈쩍하지 않았다.

"뭘 그렇게 빤히 보십니까?"

"대단해!"

"그 칭찬, 왜 달갑게 느껴지지 않는지 모르겠군요."

"행운을 비네!"

"당신에게도 평안과 안식이 함께하길 빕니다!"

"허허허! 재미있는 친구로군!"

평안과 안식.

좋은 표현이다.

하지만 나이든 노인에게 그 표현은 다른 의미로 해석될 여지가 있었다. 그래도 그는 허허롭게 웃으며 돌아섰는데, 휠체어를 미는 여자는 매섭게 노려봤다.

리처드의 뱀과 같은 차가운 시선이 폰에게 멈칫하지 않았다면 거기에서 관심을 껐을 것이다.

그러나 폰에게 역겨운 미소를 보인 순간, 거대한 반감이 가슴 밑바닥에서 용솟음치는 것을 느꼈다.

"저희도 그만 가서 쉬겠습니다."

"푹 쉬고 좋은 경기 보여 주시게."

"네. 형도 같이 가시죠."

"그럴까?"

우즈와 같은 숙소였다.

대회에 참가하는 수많은 선수들이 머무는 호텔이지만,

각별하게 느껴지는 우즈와 함께 나온 것은 물어볼 것이 있었기 때문이다.

그리고 다소 의아한 말을 들었다.

리처드의 회사에서 독특한 제안을 받았다는 것인데, 전성기를 되돌려주겠다는 터무니없는 말을 듣고 거부감이 일었다고 했다.

"말이 안 되잖아!"

"왜요? 아직 팔팔하시잖아요."

"체계적인 훈련을 이겨 내면 가시적인 성과를 낼 수는 있겠지. 하지만 어떻게 전성기로 돌아가? 설사 가능하다고 해도 그건 정상적인 방법이 아닐 거야!"

"그럴 가능성이 높죠."

"적어도 내 과거를 모두 부정당할 짓은 하지 말아야 하잖아."

차마 입 밖에 내진 않았지만 우즈는 약물을 염두에 둔 것 같았다. 최고의 경쟁 선상에 선 프로들은 작은 변화에도 민감할 수밖에 없다.

투수는 1, 2마일의 구속 증가에 급이 달라질 수 있으며 타자는 스윙 스피드를 올릴 수 있는 근육 강화가 떼돈을 벌게 해 주기도 한다.

그나마 90분 내내 뛰고 달려야 하는 축구가 약물의 영향을 덜 받는데, 골프는 개인 스포츠라서 약물이 개입되면 성적의 변화가 치명적일 수 있다고들 말한다.

개인은 함부로 손대기 힘들지만 조직적인 지원 아래 육성된다면, 거기에 염력까지 영향을 끼친다면 그건 상상하기도 싫었다.

"폰한테 보따리를 너무 많이 푸신 거 아닙니까?"

"귀엽잖아!"

"고맙습니다."

"자네의 PGA 챔피언십 우승을 보고 감동받았거든! 나 같으면 포기했을 거야."

"저도 포기하고 싶었습니다. 많이 아팠거든요."

"그랬지? 그런데도 그런 티를 하나도 내지 않는 자넬 보면서 나보다 훨씬 어려운 길을 간다는 생각이 들었어. 그래서 자네 팬이 되기로 했지."

다른 사람도 아닌 타이거 우즈다.

현존하는 최고의 골퍼이며 존경받아 마땅한 업적을 이룬 대가였다.

그런 생각을 하고 있지만 차마 입 밖에 내지 않았을 뿐인데, 그가 스스로 팬이 되겠다고 말했다.

괜히 미안하고 송구하다는 생각이 들었다.

워낙 대단한 인물이기에 그를 자신의 구상 아래 두는 것은 계획조차 불손하다고 생각했는데, 그 생각을 바꿔야 했다.

　- 드디어 화면에 TJ가 잡히기 시작했습니다!
　- 갤러리들이 엄청나군요! 누가 뭐래도 최고의 스타죠?
　- 그렇습니다. PGA 챔피언십이 끝나고 부상으로 인해 출전이 불확실하다는 인터뷰가 나온 뒤, 예약 취소가 줄을 이었다는 소식이 있었으니까 말해 뭣 하겠습니까!
　- 그 심각한 부상에서 회복되어 정상 컨디션을 되찾았다는 말을 듣고 타고난 몸을 지녔다는 생각이 들었습니다. 보통 8주는 걸린다고 하는데, 사람마다 다르다지만 그의 회복 속도는 그런 세간의 통념을 뛰어넘는 수준인 것 같습니다.
　- 아무래도 늘 운동을 해서 더없이 건강한 프로니까요.

　목요일 08:04, 드디어 태주가 1번 홀에 나타났다.
　너무 이르지도 느리지도 않은 시간을 배정받았고 동반자들 중에 눈에 띄는 강자도 없었다.
　보통 그럴싸한 그림을 위해 경쟁 구도를 잡는데, 나름 배려를 받았다고 볼 수 있었다.
　그런데도 밀물처럼 우르르 따라오는 갤러리들을 보고 있

노라니, 그의 현재 위상이 어떤지 실감이 났다.

아직 최고의 컨디션이 아니었고 코스 파악도 부족했기에 무리하지 않고 차분하게 경기를 풀어나갔다.

- 정말 아깝네요. 이번에는 떨어질 줄 알았는데! 샷은 좋은데 퍼팅 감각이 이전만 못 한 것 같습니다. 어떻게 보세요?

- 전체적으로 몸을 사리는 것 같습니다. 자신에게 쏟아지는 거대한 관심이 부담으로 작용한 것 같은데, 루키 때도 그러진 않았던 것을 감안하면 정상 컨디션은 아닌 듯합니다.

- 아! 아직은 몸이 회복되지 않았다는 말씀인가요? 그런데 부상을 입고도 최종 라운드에서 펄펄 날았던 TJ 아닙니까!

- 그건 투혼이었죠. 맨정신으로는 도저히 할 수 없는.

- 첫날이고 아직 이 코스가 낯설어서 그런 건 아닐까요?

전문가인 해설자보다 캐스터의 판단이 더 정확했다.

최고의 컨디션은 아니지만 보다 공격적인 공략을 할 수도 있다. 그러나 이 멋진 코스에 어울리지 않는 실수를 범하고 싶지 않은 마음이 더 컸다.

게다가 실제 퍼팅 그린이 연습 라운드나 프로암 대회 때에 비해 더 롤링이 되어 있는 것도 당황스럽게 만들었다.

이젠 적응될 만도 한데, 이 코스가 유난스럽다고 봐야 했다. 혹시 본 라운드에서 그린이 타 버릴 수도 있다고 판단했는지 길게 관리했다가 본 게임에서 더 짧게 자르고 꾹꾹 눌러 그린 스피드가 현격하게 올라갔다.

"그린이 좀 이상해요. 내일부터는 이동 전에 퍼팅 연습을 30분 이상씩 해야 할 것 같아요."

"그래. 근데 방금 전 내 라인이 틀렸었나?"

"아니요. 저도 오빠랑 똑같이 봤어요. 같은 벤트그라스라도 이 그린 잔디는 결을 더 세심하게 봐야 할 것 같아요."

"그런가?"

칩샷을 할 때는 결이 중요하다.

하지만 까까머리처럼 바짝 자른 그린 잔디는 특별한 경우가 아니면 결까지 살필 필요는 없다.

특히 잔디가 자란 오후라면 결이 영향을 미치지만, 아침인데도 결에 따라 흐르는 것은 납득이 되질 않았다.

여하튼 더 세심하게 살펴야 한다는 것은 틀린 지적이 아니었다. 1라운드 목표는 −3이었다.

이 코스에서 열린 이전 대회에서 두 자릿수만 기록해도 톱5에 들어간다는 것을 고려한 목표였는데, 퍼팅이 말썽을 부려도 −4로 라운드를 마쳤다.

나름 만족한 미소를 보이며 경기를 마친 태주는 오후에도 연습장에서 시간을 보냈는데, 특이한 소식이 들려왔다.

"−9를 친 선수가 나왔어요."

"9언더? 대단한데?"

"그것도 둘이나."

"누군데?"

"애런 홈과 짐 뮐러. 애런은 저도 아는 선수인데, 뮐러는 22살 먹은 독일 초청 선수래요."

관심을 가지지 않을 수 없었다.

본인이 작정하고 공격적인 공략을 해도 과연 −9를 만들 수 있을지 의문이 들었기 때문이다.

19승에 빛나는 노장 애런이 이글을 2개나 기록했다는 점도 놀라웠지만, 젊은 초청 선수가 −9를 친 것도 믿기지 않았다.

그 둘의 경기 영상을 살펴보고 싶었지만 참았다. 남의 경기나 샷에 집중할 시간이 있으면 차라리 연습하는 것이 낫다고 가르쳐 왔기 때문이다.

어차피 골프는 자신과의 싸움이기에.

그런데 잠시 후 연습장에 나타난 우즈의 표정이 매우 어두웠다. 그가 오늘 데일리 베스트를 기록한 애런과 한 조에서 플레이를 했다는 생각이 떠올랐다.

"왜 그렇게 심각하십니까?"

"내가?"

"-1, 공동 26위이면 선방한 거 아닙니까?"

"그렇지!"

다른 사람이었다면 감히 꺼낼 수 없는 말이다.

천하의 타이거 우즈에게 26위는 매치되지 않는 성적이기 때문이다. 하지만 누구나 인정할 노장이 되었으며 부상 복귀전이라는 것을 감안하면 절대 나쁜 성적이 아니다.

언론들도 그렇게 평가할 가능성이 높았고.

그래도 그런 말을 면전에서 스스럼없이 할 수 있다는 것은 그만큼 서로에 대한 신뢰가 크다는 것을 의미했다.

그런데 내용을 들어 보니 그가 받은 충격이 납득이 됐다.

"애런이 이상했어."

"뭐가요?"

"과거에도 장타자이긴 했지. 하지만 330야드를 그렇게 가볍게 때릴 파워는 아니었는데, 마치 딴사람을 보는 것 같더군!"

"체력 단련을 다부지게 했나 보죠."

"그런 걸까? 몸이 몰라보게 좋아지긴 했더군. 그래도 너무 의아해 확인을 해 봤는데, 지난달만 해도 그렇지가 않았더라고. 한 달 만에 근육이 그렇게 변모할 수 있다는 게 도무지….”

그렇다고 악평에 맞장구를 칠 수는 없었다.

컨디션이 확 올라오는 시기일 수도 있으니까. 그런데 문제는 그게 다가 아니었다.

함께 플레이를 한 우즈는 그에게 행운이 중첩되는, 그래서 어느 시점부터는 정상이 아니라는 느낌이 들었다고 했다.

남의 플레이에 신경 쓸 필요는 없지만 그래도 영향을 받을 정도의 기이한 일이 반복되어 답답했다고 증언했다.

문득 염력이 떠오르는 것은 우연이 아닐지도.

“차 한잔하시겠습니까?”

“좋지.”

일단 머리를 비우는 게 낫다고 봤다.

설사 부정이 있었더라도 증거가 없는 한, 건드릴 수 있는 사안이 아니었기 때문이다.

옥수수수염 차가 다 떨어져 시원하게 보관된 보리차를 건넸는데, 울적한 기분을 바꾸기 최적이었다며 너스레를 떨었다.

그러거나 말거나 우즈와 대화를 나누는 사이, 폰은 지루

했던 모양이다. 웨지를 쥐고 칩샷 연습하는 걸 보니.

본인 클럽과는 무게나 샤프트의 강도가 워낙 차이가 커 다른 스윙은 무의미하지만 그나마 웨지 샷은 가능했던 것이다.

"오호! 제법인데? 꼬마 아가씨!"

"폰타나의 재능이 제법 탁월합니다."

"태국 여자들이 힘이 좋아. 내 어머니도 태국 혈통이잖아."

"아! 그랬군요."

흑인이지만 우즈의 혈통은 상당히 좀 복잡하다.

그 자세한 내역은 알지 못했는데, 폰에게 호감을 보인 이유가 그것과도 무관치 않다는 것을 알게 되었다.

안 그래도 딸처럼 귀여워하는 폰인데, 스윙까지 완벽한 모습을 보이자 언제 복잡한 고민을 했는지 모르게 밝아졌다.

큰 관심을 보이며 여러 기술들을 직접 선보이기도 했는데, 지켜보던 태주도 독특한 그만의 티칭 방식에 놀랐다.

최고를 찍고 지켰던 자의 해석은 남다르다는 것을 느꼈다. 어떤 부분에 대해서는 태주의 생각도 물었는데, 고개를 끄덕이며 공감하기도 했다.

"우리 딸 샘도 골프를 하면 좋을 텐데…."

"딸이 몇 살이죠?"

"열다섯. 그런데 골프를 좋아하질 않아. 아들 녀석도…."

그는 매우 안타까워했다.

그 속사정은 가늠하기도 어렵지만, 이혼과 복잡했던 여러 문제로 인해 아이들과 벽이 형성된 것 같다는 느낌을 받았다.

남의 가족사에 대해 왈가왈부하는 것이 적절치 않아 더 이상의 말은 삼갔지만 잘 풀렸으면 좋겠다는 생각을 했다.

그날 저녁 태주는 짐 뮐러의 경기 영상을 확인했다.

요청하지 않았지만 헬렌이 편집된 영상을 이메일로 보내왔다. 그녀도 심상치 않다고 판단한 것 같았다.

내일도 좋은 경기력을 보인다면 언론의 큰 관심을 받게 될 것이라는 말도 했는데, 부담스럽기는커녕 의욕이 솟구쳤다.

하지만 편집된 영상은 충격을 받기에 충분했다.

"자로 잰 듯 정확하군!"

"이렇게 정확할 수가 있나? 인간이."

자주 듣던 소리다.

그런데 그 말이 절로 튀어나올 정도로 심플한 스윙을 선보였다. 다만 일관성이 부족한 스윙에서 어떻게 그런 정교한 결과를 도출해 낼 수 있는지 의문이 들긴 했다.

사람마다 신체 조건이 다르고 근육의 발달 양상이 달라도 모든 골퍼가 추구하는 스윙의 공통목표는 동일하다.

　일관성. 다양한 조건에서 매번 동일한 결과를 내려면 결국 스윙의 일관성을 만들어내야 한다.

　바람이나 라이, 랜딩 지역의 특성에 따라 변화를 주지만 근본이 튼튼하지 않으면 원하는 결과를 도출해 낼 수가 없다.

　그런데 뮐러의 스윙은 일관성이 결여되었다.

　'마치 프로 지망생 같은 수준인데….'

　하도 이상해 몇 번을 다시 확인했다.

　그 결과 나름의 요령은 읽어낼 수 있었다.

　우드, 롱 아이언, 숏 아이언, 웨지의 스윙이 각기 달랐다.

　클럽이 짧을수록 플랫(Flat- 클럽의 샤프트와 지면이 만드는 각도가 적은 방식, 스윙 궤적이 옆으로 향하는 경향)한 궤적을 보였으며 기술을 적용하려는 의지가 컸다.

　통상적이지가 않았다. 보통 나쁜 습관이라고 분석하는데, 그런데도 기가 막힌 결과를 도출해 낸다는 사실에 더 놀랐다.

　"아무리 골프에 정답이 없다지만 이건 도무지…."

　"상황에 따라 4가지 스윙 중에 선택한다는 거잖아!"

아마추어라면 이해할 수 있다.

한계를 돌파하기보다는 요령을 터득해 적응하는 것이니까. 하지만 최상급 프로일수록 잔기술을 부리는 것은 삼간다.

그런 습관이 굳어지면 다른 샷에 악영향을 미치며 심지어 입스가 오는 경우도 그게 원인이 되기 때문이다.

클럽에 따라 다른 스윙을 하는 것은 프로라도 두려운 일인데, 그럼에도 불구하고 버젓이 9언더를 쳤다.

더 관심을 가지고 지켜볼 수밖에.

내일도, 모레도 과연 오늘과 같은 결과를 낼 수 있을지.

5화. 신의 반열

골드의 손이 강림했다

- TJ의 샷이 어제보다 한결 좋아진 것 같죠?

- 네. 어세는 -3, 오늘은 -4, 합계 -7로 무난한 출발입니다.

- 이렇게 무난한 출발을 보였는데도 선두와의 격차가 더 벌어졌습니다. 이게 말이 되나요?

- 저도 믿기지 않습니다. 짐 뮐러는 오늘도 -6을 쳐 -15가 되었고 애런도 더블보기가 나왔음에도 -4를 쳐 -13으로 주말을 맞이하게 되었습니다.

- 예선 컷 성적과 단독 선두와의 타수 차이가 14타나 벌어진 것은 새로운 기록이죠?

-15 짐 밀러

-13 애런 홈

- 9 패트릭 캔틀레이

- 8 스코티 셰플러, 케빈 스트릴먼

- 7 TJ KIM, 리키 파울러 외 3명

리더보드 최상단의 두 명만 빼면 통상적인 양상이었다.

예선에서 두 자릿수만 기록해도 강력한 우승 후보로 손꼽히는 코스가 이곳 뮤어필드였기 때문이다.

실제 태주가 기록한 -7은 2타 차 공동 4위가 적절해 보일 성적이다. 하지만 모두의 예상을 깬 두 명의 파격적인 성적이 꼭대기를 휘어잡자 태주마저도 언론에 거론되지 않았다.

기껏 언급된 것이 이제 연승은 불가능해졌다는 정도였으며 겨우 리더보드를 지켰다는 자존심에 스크래치를 내는 표현도 서슴지 않았다.

[독일에서 상륙한 초특급 허리케인이 더블린을 휩쓸다! 22살의 초청선수 짐 밀러, 그는 누구인가?]

[거침없는 스윙과 정교한 샷으로 TJ마저 집어삼킨 독일산 신형병기, 밀러. 새로운 시대의 개막을 알리나?]

[회춘 골퍼 애런 홈, 독일산 전차를 파괴할 수 있을까?]

[패기와 경험의 충돌에 산산이 부서진 초특급 강자들, 지금 같은 추세라면 주말 역전 드라마는 요원할 듯!]

[춘추전국시대? TJ KIM에 맞설 특급 프로들 속속 등장하나?]

이제 겨우 2라운드를 치렀을 뿐이다.

무수히 많은 별들이 명멸하는 곳이 PGA 무대다. 데일리 베스트를 작성한 다음 날 톱 10에서 사라진 이름이 수두룩하다.

때문에 9언더가 아니라 12언더를 쳤더라도 언론은 단신으로 다루는 게 일반적이다. 그래서 어제까지만 해도 3언디를 친 태주의 11연승에 대한 기사가 주를 이뤘다.

여전히 우승 가능성이 가장 높다는 것에 동의했다. 그린네 하루가 더 지난 금요일 밤, 언론의 논조는 하늘과 땅만큼 변했다.

태주의 우승은 물 건너갔다는 논조가 주를 이뤘으며 새로운 영웅의 탄생을 맞이하기 위한 준비에 돌입한 것 같았다.

패기의 신인 뮐러와 관록의 강자 애런의 2파전이 될 것이라고 떠들었으며 주말 역전극은 불가능하다고 내다봤다.

"정말 너무 심해요!"

"흐흐. 흥분은 몸에 해롭습니다. 헬렌."

"이건 누가 봐도 정상이 아니잖아요. 그래서 정식으로 테스트를 요청했어요. 도핑 테스트."

"헬렌. 지금 당장 그거 취소하시죠. 설사 그런 의심이 든다고 해도 그 주최가 저나 제 에이전시가 되면 안 됩니다. 쌍방의 문제로 비쳐서 좋을 게 없습니다."

"뻔한 거잖아요. 젊은 애는 그렇다 쳐도 애런의 드라이빙 평균 비거리가 332야드나 나온다는 게 말이 되나요?"

"왜 말이 안 됩니까. 그럴 수 있어요. 다시 한번 말하지만 이게 팬들의 눈에 시기나 견제로 비치면 말짱 도루묵이 된다는 거 유념하고, 어서 연락을 하세요."

묘한 상황을 인지했지만 태주는 연습장으로 향했다.

언제나처럼 연습장에서 제 할 일을 묵묵히 행하는 것이 가장 속 편하기 때문이다. 그런데 몹시 흥분한 헬렌이 찾아왔다.

언론의 논조에 대해 서운함을 표하는 것은 이해할 수 있다. 더 에이스가 언론에 참으로 많은 공을 들이고 있기 때문이다.

하지만 앞서가는 상대에 대한 이의를 제기하는 것은 신중해야 한다. 가만둬도 객관적인 평가가 나올 것이며 자연스럽게 형성된 여론에 의해 판별되어야 구설에 오르지 않는다.

다행히 말귀를 알아들은 헬렌이 조치를 취했다. 그래도 자리를 뜨지 않고 투덜투덜 말이 많아 쫓아냈다.

"TJ. 내 생각도 헬렌과 크게 다르지 않아."

"증거가 있나요?"

"그건 테스트를 해 보면 드러나지 않을까?"

"만약 드러나지 않으면요?"

"…입장이 매우 곤란해지겠지. 그래도….."

"타이거. 모든 일에는 순리라는 게 있다고 생각합니다. 순리를 거스르면 당장은 효과를 볼지 모르지만 결국 역리가 순리를 이길 수는 없습니다."

"허허! 어렵네, 어려워."

하루라면 이해하지만, 이틀이나 선방했으며 그 경기 내용을 들여다보면 그 위기감은 더 배가될 가능성이 높다.

하지만 태주는 담담한 기색을 잃지 않았다.

설사 약물이 아닌 초능력을 활용했다고 해도 그게 지속될 수는 없다고 판단했기 때문이다.

골프는 개인 스포츠지만 투어프로들의 플레이는 지켜보는 눈이 수천, 수만이 넘는다. 얄팍한 수작 따위는 머잖아 드러날 것이라고 확신한 것이다.

같은 시각, 기뻐해야 할 두 사람이 얼굴을 붉히고 있었다.

"너무 티 나게 많이 쓰는 거 아냐?"

"그러는 당신은?"

"난 더블보기도 기록했어. 최대한 마나를 배제한 내 경험과 실력으로 헤쳐 나가는 거라고!"

"그 무슨 말도 안 되는 소릴 하십니까! 그냥 나이는 이길 수 없었다고 솔직히 밝히시죠. 하하하!"

"뭐라고? 이 건방진 게르만 놈이!"

"어허! 왜들 이래? 진정들 하지!"

식사 테이블 위에는 거한 음식들이 차려져 있었다.

그런데 그 테이블에 둘러앉은 4명의 면면은 특이했다.

역전의 노장 애런 홈, 독일산 전차라는 닉네임을 얻은 잠 밀러, 터질 듯 육감적인 몸매를 유감없이 드러내는 원피스를 두른 마리아, 하지만 상석을 차지한 이는 리처드가 아니라 작고 보잘것없어 보이는 중년의 흑인이었다.

두 덩치가 살벌한 분위기를 연출하고 있음에도 그는 손짓 한 번으로 침묵을 강요해 냈다. 뒤를 이어 잔소리를 한 사람도 그가 아닌 마리아였다.

"기껏 능력을 나눠 줬더니 서로 싸워?"

"이보시오. 마리아. 당신도 지금 보지 않았소. 저 건방진 독일 놈이 얼마나 건방을 떠는지."

"내가 볼 때 둘 다 똑같아. 그렇게 티 내지 말라고 신신당부했는데, 도저히 자기 실력으로는 자신이 없던가?"

"……"

"그래서 내일은 마나를 주지 않을 거야. 누가 더 잘났는지 여실히 드러나겠지. 재미있지 않나요? K."

잘났다고 싸우던 놈들의 얼굴이 삽시간에 시퍼레졌다.

그나마 애런은 회심의 미소를 지었으나 뮐러는 금방이라도 울 것 같은 표정이 되고 말았다.

유러피언 투어에 데뷔했지만 아직 별다른 성과를 내지 못했으며 전문가들로부터 좋은 평가도 받지 못하던 그다.

열흘 전 느닷없이 찾아온 자가 명함을 건넸는데, 세계적인 스포츠 에이전시인 골드핸드 스카우트라서 깜짝 놀랐었다.

그가 꺼낸 제안은 파격 그 자체였다.

미심쩍었지만 성공을 위해서라면 영혼마저도 팔 수 있다고 생각한 절박함 때문에 당장의 거금에 눈이 멀어 덜컥 사인을 했는데, 지금까지 상황은 매우 흡족했다.

하지만 이 시점에서 능력의 원천이 되는 힘을 주지 않는다는 말을 듣자 눈앞이 캄캄해졌던 것이다.

"내일 너희 둘이 챔피언 조에서 함께 플레이하지?"

"네."

"추격하는 그룹과 여유가 많잖아. 조바심 내지 말고, 서로 다투지도 말고 즐겁게 게임에 임해."

"K. 아무리 그래도 마나를 충전해 주지 않는 것은 너무 위험합니다."

"위험? 애런, 자네도 그렇게 생각하나?"

"아닙니다. 기본조차 갖추지 못한 자가 PGA투어 우승 트로피를 드는 것은 지나가는 개가 웃을 일이죠. 흐흐흐."

이를 가는 소리가 들렸다.

짐 밀러의.

하지만 닥터 K나 마리아는 이 상황이 재미있다고 생각하는지 웃음을 감추지 않았다. 당하는 입장에서는 자존심이 상할 행위였지만 반박하거나 화조차 내지 못했다.

지난 열흘 동안 그들 사이에 무슨 일이 있었는지 모르겠으나 나름 훌륭한 커리어를 거뒀던 애런의 처세는 아쉬웠다.

퇴물 취급을 당하는 것이 그렇게도 힘들었던가!

* * *

- 오늘 TJ의 출발이 아주 좋군요!

- 이제 코스 적응이 끝났고 컨디션도 상당히 호전된 것 같습니다. 특유의 저 담담한 분위기에 여유로운 움직임, 마치 정글을 가로지르는 숫사자의 위용이 느껴지는 것 같지 않나요?

- 트레이드마크죠! 저도 저런 모습이 참 보기 좋지만, 함께 경기하는 동반자들에게는 부담이 느껴질 폼이기도 하죠.

- 그럴 겁니다. 주중과 다른 첫 티샷 한 방으로 동반자들의 눈빛을 애처롭게 만들어 버렸으니까요!

1번 홀은 492야드 파4 홀이다.

페어웨이 우측으로 지저분한 벙커 모둠을 조성해 놔서 대다수의 프로들은 안전하게 좌측을 공략한다.

이틀 동안 태주도 그래 왔는데, 오늘은 아예 벙커를 넘겨 버렸다. 못 해서가 아니라 참았던 것일 뿐, 자신감을 얻은 기념 축포를 쏘듯이 때려 버리자 158야드가 남았다.

피칭웨지로 홀컵에 바로 앞에 붙여 버리는 순간, 필드가 무너질 것 같은 환호성이 작렬했다.

두 명의 낯선 경쟁자가 등장했지만 기적을 바라는 팬들의 존재는 가슴을 뜨겁게 했다.

1타 차 공동 4위와 어깨를 나란히 했지만, 대부분의 카메라는 챔피언 조가 출발한 1번 홀에 쏠려 있었다.

- 뭐가 어떻게 된 거죠?
- 이번 대회 장타 부문 선두를 달리고 있는 애런의 티샷이 벙커를 넘기지 못했습니다. 첫 홀에 몸이 아직 풀리지 않아서일까요?
- 그럴 리가요! 이미 연습장에서 웜업 루틴을 밟았을 겁니

다. 2타 차 선두를 잡겠다는 의욕이 앞선 결과가 아닐까요?

- 드디어 단독 선두 밀러가 티샷을 합니다.

- 어허?

아너로 나선 애런의 티샷이 벙커에 빠지자 밀러는 크게 웃었다. 비매너라는 것을 모르지 않을 텐데, 연신 히죽거리며 경쟁자의 속을 박박 긁었다.

하지만 그의 티샷은 보고도 믿기지 않을 만큼 참담했다.

일명 뽕샷이 터졌다. 본시 뽕샷은 탄도는 높아도 방향은 좋은 법인데, 그의 이번 티샷은 그렇지도 않았다.

230야드부터 시작되는 페어웨이에도 미치지 못한 헤비 러프에 떨어졌는데, 그다음 행동이 더 어이가 없었다.

들고 있던 드라이브를 냅다 팽개쳐 버린 것이다. 아마추어 골퍼도 아니고 그런 미스샷을 하면 부끄럽고 팬들에게 미안해해야 할 것 같은데, 애꿎은 클럽 탓을 한 것이다.

"뭐가 이렇게 시끄럽지?"

"챔피언 조에서 웃을 일이 터졌나 봐요."

"웃을 일?"

태주는 뒤도 돌아보지 않고 2번 홀로 이동했다.

오늘 목표를 채우기 위해서는 딴 데 한눈을 팔 겨를이 없었기 때문이었다.

목표는 분명했다.

첫날 둘이나 기록한 9언더, 결코 간단한 일은 아니다.

하지만 적어도 그만큼은 쳐야 자신을 응원하는 팬들의 기대에 부응한다고 믿고 최선을 다해 공격 모드를 켜기로 했다.

단독 선두 뮐러가 헤비 러프에서 때린 세컨샷이 러프를 벗어나지도 못한 것을 알았다면 그 각오가 흐릿해졌을까?

- 어떻게 저걸 꺼내지 못하죠?

- 벙커를 넘겨 최대한 멀리 보내려고 한 게 문제인 것 같습니다.

- 절정의 기량을 지닌 우승 후보라면 그 정도는 해내야 하는 거 아닌가요? 러프라도 150야드 정도 때려 내는 것은 어려운 일이 아닐 것 같은데….

- 제가 주목하는 부분은 기량이 아닙니다. 제 실수를 인정하지 않고 분노를 표출하는 성격이 더 문제인 것 같습니다.

- 그 말이 사실에 더 가깝겠네요. 못난 행동을 하는 선수들이 간혹 있지만, 단독 선두로 우승에 다가간 선수라면 자제해야 하는 게 맞죠!

뮐러는 중계진에게 한참이나 씹힐 일을 한 것은 맞다.

어리다지만 따지고 보면 태주보다 생년월일이 5개월 느릴 뿐, 필드에 서면 자신의 모든 행동이 팬들의 시야에 있음을 간과하면 안 된다.

때로 성에 차지 않는 샷이 나오더라도 팬들이 이마를 구길 행동을 하는 것은 옳지 않았다.

문제는 연이은 실수 뒤에도 클럽으로 잔디를 사정없이 때리며 제 캐디에게 분풀이를 멈추지 않는 추태를 보인다는 것이었다.

재미있게 볼 수도 있는 장면이지만 결코 득이 될 행동은 아니었는데, 그런 광경을 바라보는 애런의 입가에도 조소가 떠나질 않았다.

"뭘 봐!"

"별…. 이상한 놈 다 보겠네."

티샷을 하고 나면 각자 자기 볼이 있는 곳으로 향한다.

샷 궤적에 서지 않는다면 일부러 비켜 주진 않는다. 정 신경이 쓰이면 요청하고 따라 주는 것이 일반적이지만 서로 그 정도의 기량은 인정하고 플레이를 한다.

그런데 애런은 러프에서 헤매고 있는 뮐러의 근처에서 그 광경을 빠짐없이 다 지켜보고 있었다.

마치 제대로 치는지 두고 보겠다는 투였다.

그게 매너가 아니라고 치부할 수도 없는데, 한심한 샷을 쳐낸 뮐러는 비릿한 조소를 담고 있는 애런이 얼굴을 마주하기 싫었는지 빽 소리를 질렀다.

팬들은 물론 중계 카메라도 그의 행동을 놓치지 않고 따라다니는데, 제 발등을 찍는 참으로 어리석은 행위였다.

- 겨우 20야드를 쳐 놓고 대체 왜 저러죠? 애런이 무슨 죄가 있다고!
- 애런의 행동도 일반적이진 않죠. 벙커에 빠진 본인 공의 라이를 살피는 것이 당연한데, 왜 그의 뒤에서 지켜봤는지 그건 저도 이해가 되질 않습니다.
- 이거, 이거 개판이군요!

깜짝 놀란 피디가 얼른 손짓을 했다.

아무리 선수가 비정상적인 행동을 해도 그걸 그럴싸하게 포장해 주는 것이 캐스터의 적절한 대처였기 때문이다.

실수가 반복되어 비판이 당연하게 느껴질 타이밍은 아직 이르다고 본 것인데, 프랭크의 생각은 달랐다.

하나를 보면 열을 알 수 있다고, 이번의 주인공이 되어 팬들의 관심을 한 몸에 받는 선수라면 그에 합당한 겸손한 태도를 보여야 한다.

적어도 눈살을 찌푸릴 행동은 자제해야 옳다. 하지만 미스

샷 두 번에 밑바닥을 보인 추태는 비슷한 나이인 태주의 태도와 자꾸 비교되면서 비판적이게 만들었다.

– 이번에는 잘 꺼냈습니다!

– 잘 꺼낸 것은 아니죠. 제 눈에는 겨우 꺼낸 것으로 보입니다. 3번의 샷으로 도착한 지점이 아까 TJ의 티샷이 떨어진 지점과 거의 유사합니다. 붙일 수 있을까요?

– 붙여야 합니다. 지난 이틀 동안 이 정도 거리에서 좋은 샷을 만들었기 때문에 심기일전하리라고 봅니다.

– 에이! 애런! 저 친구는 지금 뭘 하는 거죠?

열흘 가까이 지속적으로 주입받던 특별한 힘의 부재가 그렇게 컸던가?

밀러에 이어 애런도 2온에 성공하지 못했다.

189야드가 남은 벙커에서 그린에 올리는 것이 쉬운 일은 아니지만, 애런 정도의 경륜에 예선에서 보여 준 기량이라면 적어도 그린 근처까지는 보냈어야 한다.

하지만 벙커 턱에 맞아 크게 튀어 오른 타구는 100야드를 간신히 넘겼을 뿐이었다. 기대를 저버린 실망스러운 결과에 바삐 움직이는 사람들이 보였다.

챔피언 조의 멋진 경기를 보고 싶던 팬들이 앞 조로 자리를 옮겨가고 있었던 것이다.

- 으흐! 방향이?
- 방향뿐만 아니라 너무 깁니다.
- 어떻게 −15를 친 거죠?
- 프랭크. 이제 겨우 1번 홀입니다. 좀 더 지켜보시죠.
- 네. 그럴 겁니다. 하지만 기대하고 봤는데, 우승경쟁을
해야 할 두 선수의 기량이 너무 일천해서….

기량이 일천하다는 표현까지 등장했다.

뮐러는 투 퍼팅에 더블보기를 작성했고 애런도 서드 샷을
핀에 붙이지 못한 뒤 파 퍼팅에 실패하며 보기를 기록했다.

파를 기록한 단독 3위 패트릭의 플레이가 평범했음에도
돋보일 정도였으니 팬들의 실망감은 생각보다 컸다.

그래도 아직 굳건한 선두권을 형성하고 있어 다른 선수의
우승 가능성은 언급도 되지 않았다.

2번 홀에서 3m 버디 퍼팅을 아깝게 놓친 태주는 까다로
운 3번 홀에서 숨을 고른 뒤, 223야드 파3 홀에서 절정의
아이언 샷 감각을 선보였다.

"와우! 좋아요!"

"휘어!"

"붙을 거니까 클럽이나 줘요."

임팩트가 기가 막혔다.

그린 좌우에 4개의 벙커가 도사리고 있지만 그건 안중에도 없었고 좌측 끝자락에 꽂힌 핀과 그린 경사를 감안한 정확한 지점에 떨어뜨렸다.

정상적인 경사를 타길 바라며 소릴 질렀는데, 폰은 끝까지 지켜보지도 않고 클럽을 빼앗듯 가져갔다.

어떤 결과가 나오든 이미 손을 떠났는데, 왜 미련하게 쳐다보냐는 투였다.

"어이가 없네!"

"왜요?"

"간절함을 담아 기도를 해도 시원찮을 판에 가슴이 너무 차가운 거 아냐?"

"가슴이 뭐 어쨌다고요?"

"야! 그 얘기가 아니잖아."

"크! 알아요. 저도 속으로 기도하고 있으니까 그런 황당하다는 표정 좀 짓지 마세요."

"아주 오빠를 갖고 노네, 놀아!"

"이번 샷 할 때, 왼발이 살짝 무너진 거 알아요?"

"내가?"

"무너지니까 그걸 만회하려고 살짝 일어섰어요. 그거 위험해요!"

미처 의식하지 못했는데, 말을 듣고 보니 그랬다.

매의 눈을 가졌어도 자신의 폼은 볼 수 없다는 것이 골프의 가장 큰 애로사항이다.

홍 프로도 눈이 좋아 가끔 적절한 조언을 하는데, 폰 만큼은 아니라는 느낌을 받았다.

부상을 입었을 때 힐러의 역할을 감당할 수 있는 체질을 타고 났는데, 보는 눈썰미까지 자신을 빼다 박은 것 같아 기분이 몹시 좋았다.

"봐요. 붙었잖아요."

"신기한 자식!"

"저 캐디로 일할 때, 인기 최고였거든요. 그때는 잘 몰랐는데, 이제는 알 수 있을 것 같아요."

"뭘?"

"스윙 밸런스가 무너지는 것을 제가 잘 파악하는 것 같아요. 특히 하체의 움직임, 체중 이동은 정확하게 볼 수 있어요."

"남보다 네 스윙을 인지하는 게 더 중요하지."

"그렇죠. 저도 오빠처럼 데뷔 10연승이 목표니까!"

"꿈도 야무지지. 흐흐흐."

자신도 자신의 위업이 믿기지 않는다.

그저 목표를 향해 줄기차게 달려왔을 뿐, 연승은 크게 중요하지 않다고 생각했다. 의식하지 않을 수는 없었지만.

지금도 11연승이 불가능하다는 생각을 하면 가슴 한구석이 답답했다. 그래서 경험이 중요하다는 것을 깨달았다.

풋풋한 22살의 태주였다면 지난한 과정과 고된 역경을 무난히 이겨 냈을까? 자신만의 플레이를 꿋꿋하게 펼치기도 어려웠을 것이다.

그냥 주입식으로 배운 것도 아니고 절절한 아쉬움과 그렇게 가르쳐 왔기 때문에 더 깊이 각인이 되었다고 봐야 한다.

- 이거 왜 이러죠? 우승 경쟁자들이 마치 제 살을 깎아 먹으며 서로에게 우승을 양보하려는 것 같지 않나요?

- 그건 아닌 것 같습니다. 인상을 구기고 있는 것을 보면. 다만 그들의 경기력이 갑작스럽게 흔들리는 이유를 모르겠습니다.

- 무빙 데이라서 그럴까요?

- 유러피언 투어 1승에 불과한 짐 밀러는 아직 미국 무대에 낯설고 부담이 폭증해 그럴 수 있다는 생각은 듭니다. 하지만 애런은 도무지 이해가 되질 않습니다.

- 그렇죠! 장타에 정교함까지 보여 줬던 선수인데, 왜 오늘은 사방에 스프레이를 뿌리는 거죠?

연이은 샷들이 대체적으로 실망스러웠다.

지난 이틀 동안 보여 줬던 화려한 샷은 자취를 감추었고 기대에 미치지 못하는 샷 결과에 거세게 화를 내는 것도 이해하기 어려웠다.

그래도 아직 타수의 여유가 있기 때문에 차분하게 경기를 풀어나가도 좋을 것 같은데, 6번 홀을 마쳤을 때 실시간 우승 확률에 큰 변화가 나타나게 되었다.

-11 짐 밀러 17% / 애런 홈 25%

- 9 패트릭 캔틀레이 8% / TJ KIM 20%

- 8 스코티 셰플러 6% / 리키 파울러 6% / 김시우 4% / 케빈 스트릴먼 4%

"오빠, 저거 좀 봐."

"어허!"

폰이 리더보드를 가리켰다.

경기 중 성적을 의식하는 것은 바람직하지 않기에 그러지 말라고 타일렀다. 하지만 스치듯 돌아간 시선에 잡힌 스코어에 놀라지 않을 수 없었다.

파5, 7번 홀 티샷을 잘해 놔 버디 이상이 기대되지만 6번 홀까지 두 타밖에 줄이지 못해 속이 편치 않던 차였다.

하지만 6번 홀까지 밀러는 4타, 애런도 2타를 잃어 가시
권으로 진입했다는 사실은 본인이 잘 친 것보다 더 기분 좋
은 일이었다.

그런 속을 들키지 않으려 했으나 폰은 여우였다.

"입은 왜 앙다무는 건데?"

"내가?"

"좋아서 터지는 웃음을 참는 거지? 그래, 이해해. 흐흐."

"폰! 세컨샷 거리나 정확히 측량해 봐."

"으음…. 우측 페어웨이 벙커 끝보다 32야드 더 날아왔으
니까 티샷 비거리는 338야드야. 바람과 방향을 감안하면 정
확히 250야드 남은 것 같은데?"

"같은데?"

"그린 앞 벙커를 넘기려면 탄도가 높아야 하잖아. 우드나
유틸리티로는 세울 수 없을 것 같아."

"그래서?"

"이거 어때?"

"3번 아이언? 그게 왜 백 안에 있지?"

"5번 우드 대신 이거 넣었어. 딱 이런 상황이 나올 것 같
았거든."

어이가 없었다.

투어프로는 경기에 14개의 클럽만 사용할 수 있다.

그런데 태주의 허락도 없이 3번 아이언을 넣은 폰의 행동은 혼을 내야 마땅했다.

하지만 따지고 보면 적절한 선택이었다.

보통 5번 우드 거리가 19도 유틸리티와 겹쳐 한 번도 쓰지 않고 대회를 마치는 경우도 있었다.

그런데도 습관처럼 가지고 다녔고 지금처럼 3번 아이언이 필요한 경우에도 선택의 여지가 없어 유틸리티를 잡거나 잘라 갔었다.

"…네 맘대로 클럽을 바꿔?"

"죄송해요. 하지만 연습도 하지 않는 걸 왜 갖고 다녀요. 그리고 3번 아이언은 연습도 했잖아요."

"그래도! 일단 나중에 얘기하자."

"오빠…."

참 깜찍한 짓이었지만 혼은 내야 했다.

하지만 클럽을 받아들고 돌아서는 태주의 입가에는 미소가 번졌다. 사실 3번 아이언은 230-240야드에 맞춰 뒀다.

하지만 10야드 안팎은 얼마든지 더 보낼 수 있고 탄도조절도 가능하기 때문에 지금으로서는 안성맞춤이었기 때문이다.

그린 앞뒤로 가드 벙커가 거대한 아가리를 벌리고 있고 우측에도 벙커가 겹쳐 있어 장타자들도 2온을 꺼리는 홀이다.

때문에 태주가 아이언을 들자 2온 시도는 포기한다고 생각한 팬들의 아쉬운 탄식이 사방에 흩뿌려졌다.

- 팬들은 2온을 기대했나 봅니다.
- TJ라면 불가능한 거리는 아니죠. 하지만 그린 앞 벙커가 워낙 크고 깊어서 위험 부담을 안을 필요는 없습니다. 그걸 넘겨도 공을 그린에 세울 수 없다면 아무 소용이 없기 때문에…. 어? 그런데 3번 아이언을 들었답니다.
- 우후! 2온을 노린다는 건가요? 250야드인데?
- 그린에 세우려면 탄도를 띄워야 하는데, 모처럼 아주 흥미로운 장면이 나왔습니다. 다들 한 번 지켜보시죠!

방송에서는 언급할 수 없지만 방금 전에 수정된 우승 확률에 대한 댓글이 채팅창에 도배되고 있었다.

애런 홈이 25%로 가장 앞섰는데, 어제까지 15언더로 우승 확률 31%를 찍었던 밀러가 무지막지하게 떨어졌다.

아무래도 6개 홀에서 4타나 까먹는 불안감을 보였기 때문인 것 같았다. 하지만 팬들이 주목하는 것은 2타 차로 뒤진 태주의 우승 확률이 20%로 밀러보다 더 높아졌다는 거였다.

동타인 패트릭은 8%가 나와 산술적으로는 말이 되질 않지만, 스코어가 붙는다면 10연승에 황제로 군림할 것이라고 평가받은 태주의 실력이 빛을 발할 수 있다고들 봤다.

- 입이 근질거려 도저히 참을 수가 없네요.
- 하하하. 실시간 우승 확률 말인가요?
- 네. 나무는 가만히 서 있는데 바람이 알아서 불어오는 걸까요? 솔직히 2타를 줄인 TJ의 성적은 어제나 그저께와 특별히 달라졌다고 볼 수 없지 않습니까!
- 이게 골프죠! 4일 내내 최고의 컨디션을 보이면 얼마나 좋겠습니까! 맑고 청명한 날이 있으면 눈비가 오는 궂은 날도 있기 마련이죠. TJ의 우승은 물 건너갔다고 말했던 사람들, 부끄러운 줄 알아야 합니다.

그러고 보면 이 중계 조합은 TJ에 대한 혹평을 하지 않았다. 무난한 출발이라고 언급하며 선두권과의 비교를 삼갔다.
쉽지 않은 일인데, 그런 태도를 거꾸로 되짚어보면 두 명다 태주의 찐팬이라는 의미이기도 했다. 그래도 스코어가 바짝 붙기 전에는 이런 언급을 삼가려고 했다.
하지만 베팅업체들이 내놓은 실시간 우승 확률로 인해 입을 털지 않을 수 없게 된 셈이었다.
그런 팬심에 힘을 보탤 멋진 샷이 날아올랐다.
"와우! 나이스 샷!"

"인 더 홀!"

- 흐흐. 인 더 홀을 외치네요.

- 아주 작은 확률이지만 안 되란 법도 없죠.

- 엄청나게 높은 탄도의 샷을 구사했습니다. TJ의 장타 능력은 일찌감치 증명된 바 있지만 그래도 저렇게 높은 탄도로 캐리 235야드를 만들 수 있을까요?

- 웬만큼 힘이 좋은 프로들은 대부분 가능합니다. 문제는 원하는 방향과 거리를 얼마나 잘 조절할 수 있느냐는 것인데, 그가 누굽니까?

- TJ KIM. 현존하는 투어프로들 중에 가장 강력하고 정교한 샷을 만들어 내는 골프의 신이죠!

- 우후! 이제 신의 반열에 오른 겁니까?

- 저걸 보세요!

믿어 의심치 않는 팬들도 손에 땀을 쥘 샷이었다.

그게 벙커를 넘겨 그린에 떨어지는 순간, 폭발음과 다를 바 없는 거대한 함성이 터졌다.

먼 거리를 높게 날아온 만큼 첫 번째 바운드가 컸다. 심장이 덜컥 내려앉을 높이였지만 깃대를 넘기지는 않았다.

안도의 한숨을 내 쉴 새도 없이 타구의 런에 집중해야 했다.

"고! 왼쪽으로!"

"폰. 결과는 이미 정해져 있어. 외쳐 봐야 소용없다면서?"

"에이! 그때랑 지금은 다르죠. 붙으면 공동 1위인데!"

"어이가 없네!"

완전히 제 마음대로였다.

하지만 밉지 않았다. 녀석의 바람대로 공은 깃대를 향해 경사를 탔고 아슬아슬하게 홀컵을 스쳐 지나갔다.

조금만 더 행운이 따랐다면 앨버트로스가 터질 뻔한 상황을 지켜보던 팬들도 비명을 지르며 한마음 한뜻으로 응원했다.

- 우후! 들어가는 줄 알았습니다.

- 조금 길었네요. 전 짧을 수도 있다고 생각했는데, 워낙 비거리가 길다 보니 런은 어쩔 수 없었나 봅니다.

- 3야드를 조금 넘긴 것 같은데, 저 정도 퍼팅을 넣을 확률이 얼마나 되죠?

- 쉬워 보이고 쉽다고들 생각하지만, PGA 투어프로들의 3m 1퍼팅 확률이 50% 안팎입니다. TJ의 경우는 63%인데, 상황이 상황인 만큼 보다 더 집중해 넣을 것이라고 믿습니다.

- 하하하! 믿는다고요?

전문가인 해설자가 할 말은 아니었다.

태주를 아끼는 팬들과 다름이 없는 표현이었기 때문이다.

실제 태주가 세컨샷을 그린에 올리는 순간, 뒤따라오던 공동 1위 두 선수의 표정은 가관이었다. 티그라운드에서 드라이브를 들고 기다리고 있었다.

워낙 멀어 보이지는 않았지만 어떤 상황인지 파악할 수 있었기 때문에 강한 압박감을 느꼈을 확률이 높았다.

아너인 패트릭이 티샷을 하러 올라가자 이제껏 반감만 표했던 뮐러가 애런에게 다가와 낮은 음성을 토했다.

"애런. 우리 이제 인정사정 봐줄 때가 아닌 것 같습니다."

"인정사정 봐줬다고? 언제?"

"애런. 우리 이제 솔직해지죠. 당신도 마나가 남았죠?"

"아니. 난 없어."

"…그럼 방해나 하지 마십시오."

서로가 알 수 없는 은밀한 방식으로 능력을 부여받았다.

각자의 특성이 달랐기 때문인데, 장타에 능한 애런은 약물과 근본을 알 수 없는 힘을 주입받았고, 정교한 샷에 대한 강점이 있는 뮐러는 최면 치료를 통해 신묘한 힘을 주입받았다.

하지만 그 효능은 하루를 넘기지 못했는데, 시간이 지나자 새 힘을 주입받지 않아도 소량은 활용할 수 있게 되었다.

다만 뮐러는 애런도 자신과 마찬가지일 것이라고 여겨 몰래 그걸 쓰자고 제안했는데, 거부를 당하자 입술을 깨물었다.

이런 위급한 와중에도 끝까지 반감을 표하는 애런이 더 이상 동료가 아닌 적이며 경쟁자라고 인식할 수밖에 없었다.

애런의 티셔츠을 본 뒤에 그 결심은 더 굳어졌다.

- 와우! 드디어 감을 잡은 걸까요?
- 그런 것 같습니다. 애런 홈은 한때 단일 시즌 4승을 거둔 초특급 투어프로였습니다. 많은 전문가들이 30승은 가능할 선수라고 평가했는데, 33살 시즌부터 갑자기 무너져 저도 매우 놀랐었습니다. 그런데 참 오랜만에 전성기 폼을 찾은 것 같아 흐뭇했었습니다.
- 표현이 여전히 과거형이네요?
- 이번 티셔츠이 강렬하고 방향성도 좋았지만 전 앞선 4번의 티셔츠을 지켜보면서 여전히 그의 고질적인 문제점이 사라지지 않았다고 봤습니다.

고전하다가 좋은 샷을 날린 선수에게 던질 표현이 아니다. 응원을 하는 것이 인지상정인데, 브랜든의 평가는 차가웠다.

파워와 정교함의 밸런스가 여전히 좋지 못하다는 평가였

는데, 갑작스럽게 불어난 몸집도 긍정적으로 평가하진 않았다.

뭔가 미심쩍다는 어투였으며 지금과 같은 샷의 일관성을 대회 끝까지 유지하길 바란다는 말을 남겼다.

왠지 그건 안 될 것이라는 듯한 투였다.

"TJ! TJ! TJ!"

태주가 이글 퍼팅에 성공하며 공동 1위에 이름을 올렸다.

팬들의 가슴을 진탕시키는 격정적인 이벤트였지만 그 기쁨은 찰나에 불과했다. 2온에 성공했으나 1퍼팅에는 실패한 애런이 버디를 낚아 냈으며, 3온 작전을 펼친 밀러도 첫 버디를 잡아내며 포효했기 때문이었다.

하지만 격차가 1타 차로 줄어들자 실시간 우승 확률이 또 한 번 요동을 쳤다. -8 이하는 볼 필요도 없을 만큼 5명에게만 집중된 우승 확률은 변동 추이를 지켜보던 이들을 흥분시키기에 충분했다.

-12 짐 밀러 18% / 애런 홈 26%

-11 TJ KIM 31%

- 9 패트릭 캔틀레이 6%, 리키 파울러 7%

"이게 말이 돼? 1타 차 공동 선두가 어떻게 3위보다 우승 확률이 더 낮을 수 있냐고!"

"도박사들의 계산과 감은 틀리지 않아. 누가 봐도 저놈은 강해. 내 공격을 받고도 끝내 우승한 친구잖아. 흐흐."

"친구? 너 지금 제정신이야?"

"그러니까 왜 그딴 짓을 하느냐고! 그냥 애들한테 1일 치마나를 주입했으면 이런 걱정을 할 필요도 없었던 거잖아!"

"그때는 가만히 있어 놓고 이제 와서 뭔 소리야! 한심하긴."

"둘 다 닥쳐!"

리처드도 뮤어 필드에 와 있었다.

다만 직관이 어려워 리조트 거실에서 대형 스크린을 통해 경기를 지켜보고 있었고, 닥터 K와 마리아가 곁을 지켰다.

아직 3라운드의 절반도 지나지 않았건만 자신들이 내세운 둘은 끝없는 추락을 거듭하고 있었으며, 차분하게 타수를 줄인 태주와 스코어가 붙어 버리고 말았다.

그래도 아직은 앞서고 있건만 태주의 우승 확률이 더 높게 분석되자 닥터 K와 마리아는 책임을 전가하기에 바빴다.

끝내 서로를 향해 욕설까지 내뱉자 노인이 한마디 뱉었다. 나지막했으나 거친 그 표현에 둘 다 당황한 빛이 역력했다.

"지금 저놈들 힘을 쓰고 있잖아. 어떻게 된 거야?"

"그럴 리가 없어요. 말씀하신 대로 정확히 주입해 왔거든요."

"최초 측정된 양을 그대로 넣어 줬다고? 이런 답답한 인간들! 미천한 인간을 믿다니!"

인간을 미천한 존재이며 믿을 수 없는 대상이라 말했다. 본인도 피륙으로 이뤄진 인간일진데.

하지만 측근이라는 둘은 그런 생각에 익숙한지 거기에 대해서는 일언반구도 하지 못했고, 오히려 꼭두각시들의 행동을 눈에 불을 켜고 쳐다봤다.

리처드가 이미 판단을 내렸지만, 아직도 그럴 리가 없다고 믿었으며 실제로 그런지 확인하기 위해서였다.

그 꼴을 보고 있던 노인의 입에서 다른 화제가 튀어나왔다.

"블랙핸드의 준비에는 차질이 없지?"

"네. 아빠. 평소 강하게 단련시켜서 그런지, 벌써 프로 수준에 도달했다고 해요."

"서두를 것 없다. 골프라는 운동이 녹록한 게 아니야. 더욱이 저 친구를 감당하려면 어설픈 실력으로는 어림도 없어. 전문가들을 더 투입하고 투자를 아끼지 마."

"네."

리처드도 '친구'라는 표현을 사용했다.

K가 그 표현을 썼을 때는 못 잡아먹어 안달하던 마리아가

조용했다. 오히려 화면에 비친 태주를 묘한 눈길로 쳐다봤는데, 인간을 벌레처럼 여기는 리처드가 존중한다는 느낌을 받았기 때문이었다.

그녀도 태주를 가까이에서 본 적이 있는데, 출중한 외모보다는 강한 카리스마에 끌림을 느꼈었다.

젊은 남자에 목말랐다고 볼 수도 있지만, 피아 식별이 확실한 그녀는 제거해야 할 적으로 인지하려고 애썼다. 하지만 리처드가 그를 대하는 태도에 야릇한 미소를 머금고 바라봤다.

"안 나가고 뭐 해?"

"네?"

"나가서 제 발등 찍고 있는 저놈들, 자제시켜."

"제 발등을 찍다니요?"

"어설픈 힘으로 사람들의 의구심에 불을 붙이지 못하게 하라고. 개망신을 당한 것도 모자라 밑천까지 드러내게 만들거나?"

"아! 네. 그런데 어떻게 하죠?"

"그냥 얼굴만 비쳐도 되잖아! 머리는 왜 달고 다니는 게냐!"

"보스…."

"너도 나가!"

"아빠…."

이 사건의 원흉은 자신인데도 불똥이 자기까지 튀었다고 투덜거리던 마리아도 결국 리조트에서 쫓겨났다.

그들이 나간 뒤 혀를 쯧쯧 차던 리처드는 8번 홀 그린에서 4야드 버디 퍼팅을 놓치고 아쉬워하는 태주를 바라보며 고개를 가로저었다.

자신이 판단한 자질과 능력이라면 저런 퍼팅은 놓칠 수가 없다. 살짝 홀컵을 돌아나가는 공을 보며 눈까지 질끈 감는 행동은 전혀 가식적이지 않았다.

"아직 각성도 하지 못했다는 건가?"

"그렇다면 이제라도 방향을 바꾸는 게 낫지 않을까?"

"놈은 나를 쓰레기 취급했지 않은가?"

"감히 내게…."

노회한 괴물답게 그는 첫 단추부터 다시 더듬어 봤다.

여러 종목의 스포츠에 개입하다 보니, 간혹 인간이라고는 믿기지 않을 초월적인 능력을 발휘하는 선수들이 있었다.

그 위대함은 실로 대단해 감탄한 적도 많다. 그래도 회유해 돈벌이에 활용해 재미를 봤으며 가끔 회유가 되지 않는 놈은 철저히 부러뜨렸다.

그래야 일하기 편하기에.

하지만 골프에 발을 디디며 전에 없던 벽에 부딪혔다. 개인 스포츠인데도 엄청난 베팅이 이뤄지는 것을 알았지만 본인이 골프를 치지 않았기에 관심이 없었다.

'첫 단추부터 잘못 끼운 건가?'

'K까지 동원하고도 부러뜨리지 못한 놈이 있다니….'

'내겐 아직 활용할 카드가 많아. 그러나 섣불리 쓰진 말자!'

TJ KIM이라는 루키가 대단하다고 들었다.

그 한 명의 스타로 인해 세간의 관심이 집중되었고 엄청난 자금이 몰렸다. 파이를 더 키우는 것이 좋다고 생각되지만 그래도 가끔 짭짤한 수익을 올릴 수 있다고 봤다.

그런데 한 번 호되게 당하고 나서 짚어 보니 자신이 예상하던 것보다 더 큰 존재감이 느껴졌다. 입에 담았던 그 신성한 존재일지도 모른다는 느낌은 들었지만 확신하지 못했다.

그저 너무 쉽게 생각했기 때문이라고 판단했다.

그런데도 더 강력한 카드를 쓰는 것은 꺼렸다. 상대에 대한 존중이나 두려움 때문은 아니고 더 결정적이고 극적인 한 순간을 위한 작업의 일환이라고 자위했다.

- 어휴! 이번 퍼팅도 아깝네요. 전 들어가는 줄 알았습니다.

- 이러면 타수 차이가 더 벌어질지도 모릅니다. 물 들어올

때 노를 빡빡 저어야 하는데, 참 안타깝네요.

- 그래도 아웃 코스에서 -4면 좋은 성적 아닌가요?

- 그야 그렇죠. 그러나 좋은 샷감에 마침표를 찍지 못하면 우승 경쟁에서 우위를 점할 수가 없습니다. 조금만 더 집중력을 발휘했으면 좋겠습니다.

좀 더 집중력이 필요합니다.

그 정도가 적절한 표현이다. '좋겠다'와 같은 속마음을 있는 그대로 뱉어내는 것은 해설자의 바람직한 발언이 아니다.

데뷔 초에 비하면 천양지차의 변화라고 볼 수 있는데, 팬들의 반응도 해설진과 크게 다르지 않아 반박하는 이가 없었다.

이제 슬슬 아시안이라는 이미지가 벗겨지고 투어를 지배하는 최고의 골퍼라는 인식이 잡혀 가고 있다는 증거였다.

중계진이 선두에서 앞서가는 셈이었고.

"또 이러네?"

"그니까요!"

"내가 라이를 잘못 보는 건가?"

"그건 아닌 것 같아요."

묘한 말을 던진 폰이 호수 쪽으로 시선을 홱 돌렸다.

수많은 갤러리들이 몰려있는 지점이었는데, 그녀의 행동

만 보자면 마치 거기에 있는 누군가가 훼방을 놓았다는 거였다.

태주도 그 방향으로 시선을 돌렸지만 초점을 맞출 데가 없었다. 인위적인 행위가 가해졌다고는 믿기지 않았기 때문이다.

그런데 생각지도 못한 일이 발생했다. 갑자기 골프 백을 내려놓은 폰이 그쪽으로 달려가기 시작한 것이다.

"폰. 어디 가?"

"잠깐만요!"

"으으! 미치겠네."

실로 무모한 행동이었다.

선수를 보조하는 유일한 도우미가 인 코스로 넘어가다 말고 갑자기 코스를 벗어나 달려가리라고는 아무도 예측 못 했다.

워낙 갤러리들이 많아서 홀 사이 이동 공간에는 줄이 쳐져 있었는데, 그것도 무시하고 폴짝 넘어가더니 죽어라고 뛰었다.

선수들과 호흡을 맞춰 함께 이동하던 팬들도 난리가 났다. 그로 인해 상대를 놓친 것 같은데, 그 와중에도 뭐라고 소리를 빽빽 질러 댔다.

누가 태국어를 알아듣는다고!

대략 3분가량 소요된 그 사건의 주인공이 돌아왔다.

거친 숨을 몰아쉬면서.

"헉! 헉! 그놈을 잡았어야 하는데!"

"누굴 잡는다는 거야?"

"진청색 나이키 트레이닝 복을 입은 놈이 있었어요. 난 그
놈이 범인이라고 봐요."

"범인? 그놈이 공의 진로에 영향을 미쳤다는 거야?"

"네. 오빠도, 저도 두 번이나 잘못 봤을 리는 없거든요."

일부 공감은 하지만 있을 수 없는 일이라고 생각했다.

실제 올리비아가 눈앞에서 염력을 쓰는 걸 보긴 했지만,
경기 중에 그런 대담한 짓을 할 인간은 없으며 상당한 거리
를 격하고 힘을 발휘하는 것은 불가능하다고 판단한 것이다.

그렇게 생각하는 것이 경기에 임한 자신에게 득이 된다는
생각도 작용했다.

황당한 것은 폰의 갑작스러운 행동이었다.

그건 사실 여부를 떠나 지적하지 않을 수 없었다.

"폰. 너 캐디야."

"알아요. 하지만 또다시 그런 꼴을 볼 수는 없잖아요."

"여하튼. 안 돼! 알았어?"

"네. 쿤임이 좇아갔으니까 이젠 걱정하지 않아도 될 것 같
아요."

"쿤임? 임 팀장 말이야?"

"네. 그 오빠, 아주 똑똑한 사람 같아요. 제가 뛰니까 바로 크게 원을 돌면서 따라가더라고요."

"야! 오빠? 그거 아무한테나 막 붙이는 거 아냐!"

"크! 알았어요."

임 팀장이 따라갔다는 말에 안심이 되었다.

폰은 믿을 수 없어도 그는 일 처리가 확실한 사람이었기 때문이다. 사실 여부를 떠나 이제 방해를 받는 일은 일어나지 않는다는 생각을 하자 마음이 편해졌다.

하지만 잡념이 꼬리를 물었다.

'정말 그런 짓을 벌이는 자가 있다면 곤란한데….'

'신성한 필드를 오염시키는 꼴은 두고 볼 수 없지!'

만약 자신이 빙의하지 않았다면 웃고 말았을 얘기다.

그런 일은 소설에서나 나올 소재였기 때문인데, 생각하면 할수록 사태의 심각성이 느껴져 잡념이 끊이질 않았다.

그보다 더 신경이 쓰인 부분은 폰에 대한 것이었다.

힐러의 능력은 피는 달라도 영혼이 이어진 부녀지간이기 때문에 심리적인 영향을 받은 것일 수도 있다고 생각했다.

하지만 감각이 좋은 자신도 찾지 못한 원인을 캐치하고 누군가를 발견해 쫓아갔다는 사실은 찜찜한 점이었다.

묻지 않을 수 없었다.

"너 그 범인이라는 자를 어떻게 찾았어?"

"오빠는 플레이에 집중하느라 신경 쓰지 못했지만 전 8번 홀 퍼팅이 휙 돌아 나올 때부터 이건 아니라고 생각했어요. 그래서 몰래 살펴봤죠."

"그런데?"

"그쪽에서 스산한 기운이 감지되어 확 돌아봤는데, 그놈과 눈이 마주쳤어요. 선수가 버디 퍼팅을 하는 순간에 누가 캐디를 봐요?"

"스산한 기운? 바람이 분 게 아니고?"

"지금 나 걱정스러워서 그러는 거죠? 그런 거라면 걱정하지 마요. 난 오빠의 껌딱지잖아요."

그런 녀석이 아닌데, 팔짱까지 끼며 귀여움을 털었다.

그게 다 플레이에 집중해야 할 태주를 위한 행동이라는 것이 보였기에 더는 추궁할 수 없었다.

이후 태주의 퍼팅이 좋았다면 그 훼방꾼에 대해 더한 확신을 가질 수 있었을 테지만, 부담을 느껴서 그런지 평소보다 스트로크가 좋지 못했다.

전반에 4타를 줄였지만 여전히 만족스러운 결과는 아니었다. 무빙 데이에 코스 세팅을 까다롭게 하는 것은 이해하지만 자신감이 붙은 상황에서 아쉬울 수밖에 없었다.

"저것들 우리가 온 거 봤죠?"

"응. 더는 함부로 나대지 않을 거야."

"그런데 지금보다 타수를 더 까먹으면 어떡하죠?"

"어떡하긴! 보스가 이번 대회에 무리한 베팅은 하지 말라고 지시하셨잖아. 너 혹시 몰래 쑤신 거야?"

"응. 쫄딱 말아 먹으면 안 되는데…."

"어이고! 난리 났네!"

짐 뮐러는 아예 우승 후보에 없어 베팅도 되질 않았다.

하지만 애런 홈은 베팅 리스트에 있었다.

그것도 자그마치 500배당이었다. 우승 확률이 0.2%, 아무도 그의 우승을 기대하지 않는다는 의미였다.

애런의 최근 성적을 보면 더 높게 나와도 이상하지 않지만, 리스트에 포함되는 한계 배당이었기 때문에 어쩔 수 없었다.

문제는 다양한 조치를 지시한 리처드가 베팅을 자제하라는 지시를 내렸는데, 선수를 직접 관리한 마리아 생각은 달랐다.

남몰래 타 사이트에 거금을 쑤셔 박았다. 지하 베팅은 불가해 법적 문제가 없을 곳을 선택했지만, 차명까지 동원한 총액은 만만치 않았다.

"뮐러야? 애런이야?"

"애런 홈."

"30%."

"넌 정말…. 나쁜 놈이야."

"고마워. 내 인생의 모토가 그거지. 나쁜 놈이 되는 거."

"순수익의 15%. 더는 양보 못 해."

"오케이. 그럼 어떻게 요리를 해 볼까나!"

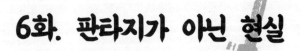

6화. 판타지가 아닌 현실

골프의 신이 강림했다

태주와 같은 조가 아닌 게 다행이었을까?

그들은 블랙핸드 요원 한 명이 태주 조에서 개수작을 부리다 들켜 도망친 걸 인지하지 못하고 있었다.

기껏 쓸데없는 짓을 자제시키라고 내보냈더니 둘이 작당해서 더 큰 파장을 일으키는 데 합의하고 시시덕거렸다.

돈에 눈이 멀어 리처드가 얼마나 용의주도한 인물인지 망각한 행위였다. 그 의도를 모르고 겁부터 먹은 애런이 시선조차 마주치지 않아 힘을 전달할 방법을 찾기 어려웠다.

결국 능력을 직접 발현할 수밖에 없었던 닥터 K와 마리아, 자신들이 무슨 짓을 하는지 모르는 것 같다는 게 문제였다.

- 저게 대체 어떻게 가능한 거죠?

- 자연의 조화는 인간이 헤아리기 어렵기 때문이 아닐까요? 그게 아니라면 겨우겨우 파플레이를 이어 가는 애런을 하늘이 긍휼히 여긴 것 같습니다.

- 브랜든. 아무리 행운이 따른다고 해도 손을 떠난 타구가 자연의 법칙을 무시할 수는 없죠. 멀쩡히 날아가던 볼이 왜 꺾인단 말입니까!

- 바람의 방향이 급변했을 수도 있습니다. 하지만, 저도 방금 전의 그 타구는 매우 기이한 궤적을 그렸다고 생각합니다.

퍼팅이라면 이해의 여지가 있다.

인력으로는 어쩔 수 없는 돌발 변수가 나타나기 때문에.

하지만 슬라이스를 먹던 티샷 타구가 갑자기 반대 방향으로 휠 수는 없다. 실제 나타난 현상은 스트레이트로 날아갔지만, 사람들 눈에는 이변으로밖에는 비치지 않았다.

해설진이 의문을 표한 이유는 이전 홀에서도 애런의 칩샷 타구가 그린 위에서 묘한 스핀을 먹었기 때문이다.

사이드스핀이 아무리 강해도 경사를 거꾸로 탈 수는 없다.

팬들은 뜨거운 환호성을 질러 댔지만 골프 좀 아는 이들의 눈에는 애들 장난처럼 말도 되지 않게 보였다.

"애런 홈, 어떤 사람인지 궁금해요."

"왜?"

"저거 좀 봐요. 잃었던 타수를 순식간에 다 찾았어요."

"19승의 노장이지."

"타이거 아저씨보다는 어릴 거 아니에요?"

"그야 그렇지."

보고 싶지 않았으나 눈길이 멈추질 않았다.

태주도 11번 홀에서 버디를 잡아 -12가 되었다.

짐 밀러와는 동타라고 생각했는데, 그는 한 단계 추락했다.

그 대신 애런 홈이 -14로 치고 나가며 단독 선두 자리에 우뚝 섰다. 그 2개의 버디가 닥터 K의 무리한 조작 때문이라는 것은 알 수 없었다.

애런의 우승 확률이 태주보다 높은 35%로 껑충 뛰었고 밀러는 11%로 떨어져 2파전 양상으로 흘러갔다.

하지만 무빙 데이의 최종 결과는 애런 홈과 태주가 나란히 -13로 공동 선두가 되었다. 장난질을 치던 K가 마리아가 리처드가 보낸 인사들한테 끌려나간 것이 관건이었다.

"수고하셨습니다!"

"폰. 너도 고생했어. 씻고 나와."

"연습장으로 바로 가지 않고요?"

"응. 오늘따라 많이 피곤하네. 샤워부터 해야겠어."

"그럼 20분 후에 여기서 다시 만나요."

"20분이나? 알았어."

-6이면 나쁘지 않은 기록이다.

첫날 -3, 둘째 날 -4를 쳤으니 상승 모드였다.

하지만 만족스럽지 않았다. -9를 목표로 했기 때문인데, 오늘처럼 컨디션이 좋은 날에는 목표치에 미달한 적이 없다.

때문에 샤워를 하면서도 그 원인 분석에 여념이 없었다.

폰이 지적한 방해가 영향을 미쳤을 가능성에 대해 짚어 봤다. 골프는 매우 민감한 운동이라서 누군가 작정하고 그런 짓을 벌인다면 아무리 강한 투지로 무장해도 승리를 장담할 수 없다는 결론에 도달했다.

결국 마틴이나 브라운이 언급한 일련의 행동에 동참할 수밖에 없다는 것인데, 내키지 않는다는 것이 문제였다.

샤워를 마친 태주가 느긋하게 옷을 입고 있는데, 라커룸에 클라인이 나타났다.

"TJ. 큰일 났습니다!"

"큰일이라니요?"

"미스터 임이 다쳐서 병원에 실려 갔다고 합니다."

"우리 임 팀장이요?"

정말 깜짝 놀랐다.

폰의 말이 사실인지 임 팀장을 만나면 확인될 것이라고 생각하고 있었다. 그런데 그가 다쳐 병원에 실려 갔다는 말에 온몸에 소름이 돋았다.

임성준은 보통 사람이 아니다.

각종 무술에 정통하며 특히 실전 격투에 최적화된 인물로, 설사 무장한 적을 만나더라도 쉽게 깨질 사람이 아니다.

폰이 지목한 놈을 추격했는데, 당했다는 말이다. 그건 놈들이 얼마나 강력한 조직인지 역설해 주는 사건이었다.

곧바로 이동했다.

"헬렌. 폰이 지금 여자 라커룸에 있을 겁니다. 폰을 좀 챙겨 주세요."

"어디 가시는데요?"

"임 팀장이 병원에 있다고 해서 거기 갑니다. 다시 전화할 테니까 폰 좀 꼭 챙겨 주십시오."

"네. 걱정 마세요."

20분 후에 만나기로 했기 때문에 엇갈릴 것 같아 헬렌에게 연락을 취했다. 그리고 클라인과 함께 병원으로 향했다.

가족이나 다름없는 임 팀장이 다친 것은 절대 가벼운 사건이 아니었다. 그가 당할 정도면 이미 위험은 주변에 가까이

왔음을 의미했기 때문이다.

그렇게 심란한 사람이 또 있었다.

"너 내 말이 우습지?"

"아빠. 그게 아니라 제가…."

"닥쳐! 한마디만 더 하면 가랑이를 쭉 찢을 거야!"

"….!"

가랑이를 찢다니!

실행 가능하지 않을 실로 무지막지한 말이 아닐 수 없다. 하지만 입술을 꽉 깨문 마리아는 눈물까지 흘리며 벌벌 떨었다.

자꾸 그녀의 시선이 욕실 쪽으로 향한 이유는 그쪽으로 이어진 흥건한 핏자국 때문이었다.

방금 전에 닥터 K가 처형을 당했다.

자신이 지켜보는 앞에서.

아무리 큰 잘못을 했어도 측근 중의 측근이며 손가락에 꼽을 정도로 강력한 능력을 지닌 염동력자가 아니겠는가!

때문에 죄를 시인하고 뉘우치면 봐줄 것이라고 생각했다. 하지만 바닥에 엎드린 닥터 K는 리처드의 손짓 한 번에 피를 토하며 나뒹굴었다.

"사, 살려 주십시오. 빅 보스! 당신을 위해 제 모든 피를 다 뽑아 쓰겠나이다! 제발, 제발 이번 한 번만 용서해주십시오!"

"그놈 참 말 많군! 그래서 뒈져야 하는 거야. 누가 너 따위 쓰레기에게 생각이라는 것을 하라고 했어? 어!"

"컥!"

릭이 손가락을 움켜쥐자 K의 전신에서 피가 터져 솟구쳤다. 마치 프레스에 넣고 기름을 짜는 것처럼 몸이 와사삭 으스러졌고 사방에 피가 흩뿌려졌다.

목불인견(目不忍見)의 참상이었다.

이렇게까지 처참하게 죽일 일인가?

도무지 이해할 수 없는 짓을 하면서도 오히려 입가에 미소를 짓고 있는 리처드를 보고 있노라니, 악마가 따로 없었다.

절대 권위, 그 앞에 엎드리지 않는 자에게 돌아갈 것은 죽음뿐이라고 선언하는 것만 같았다.

거죽만 남은 사체를 비서들이 욕실로 끌고 가 처리하는데, 방금 전까지 같은 작당을 했던 마리아로서는 오줌을 지릴 일이었다.

"마지막 기회야."

"네. 아빠. 다시는, 다시는 한눈팔지 않을게요."

마리아는 요녀였다.

방금 전까지 사시나무 떨듯 겁내던 그녀가 요염한 미소를 지으며 리처드의 품에 안겼으며 하체를 더듬기 시작했다.

생존을 보장한 그녀만의 재능이 펼쳐지는 것일까?

어찌 되었든 피비린내가 가득한 그 방에 끈적끈적한 신음 소리가 곁들여지며 인간 지옥도가 펼쳐지고 말았다.

* * *

[변화무쌍했던 무빙 데이! 결국 TJ 공동선두에 오르다!]

[-7 데일리 베스트, TJ KIM. 진정한 황제의 위용을 선보였다]

[공동 선두 애런 홈의 우승 확률은 22%, 하지만 TJ는 45%?]

[11연승의 가능성을 높인 TJ, 논란의 중심에 선 애런 홈]

[이변은 허용되지 않았다. 독일산 전차, 늪에 빠지다]

이변이 속출한 하루였다.

골프 팬들이 가장 주목한 부분은 짐 뮐러의 몰락이었다. 첫날 -9, 둘째 날 -6, 제2의 TJ KIM이 나타났다고 떠들었다.

하지만 이날은 지지부진한 경기력에, 좋지 못한 매너까지 드러내며 4타를 까먹어 공동 3위로 라운드를 마쳤다.

무섭게 추격한 리키 파울러도 -11을 기록했는데, 그의 우승 확률이 15%인 것에 비해 그 절반인 8%로 평가받으며 경쟁에서 밀려났다는 의견이 주를 이뤘다.

그에 반해 라운드를 거듭할수록 진가를 발휘한 태주는 본인은 만족스럽지 않음에도 불구하고 언론의 호평을 받았다.

다만 공동 선두에 이름을 올린 노장, 애런 홈은 논란의 한가운데 서면서 여러 가지 풍문의 주인공이 되었다.

"정말 다행입니다."

"죄송합니다. 얼른 퇴원해 보고 드리려고 했는데…."

"전 팀장님이 많이 다치지 않은 것만으로도 만족합니다."

"보스…."

병원에 도착한 태주는 퇴원 수속을 밟고 있는 임성준을 보며 안도의 한숨을 내쉬었다.

외상이 전혀 없었다.

심장 마비 증상을 보이며 혼절했다. 근처에 있던 사람들이 신고해 구급차를 타고 후송되었을 뿐, 병원에 도착해 여러 검사를 받았으나 증상의 원인조차 파악하지 못했다.

본인도 병원에 도착한 뒤로는 멀쩡해 바로 나가려고 했으나 검사를 완료하기 전까지 내보내 주지 않아 어쩔 수 없었다.

"제가 보스의 경호원이라고 말한 것 때문에 붙잡아 둔 것 같습니다."

"잘하셨네요."

"아닙니다. 미국 병원은 신원이 확실하거나 보증금을 내지 않으면 진료조차 해 주지 않는 놈들인데, 돈 벌 기회라고 본 것 같습니다."

"덕분에 건강검진도 받고 잘됐죠. 그런데 대체 어떻게 된 겁니까?"

"그게…."

임 팀장은 태주의 경기를 지켜보고 있었다.

지난 대회에서 태주가 부상으로 고생했는데, 그게 외부의 공격이었다는 의견이 있어 신경을 바짝 쓰고 원거리 경호의 개념으로 따라다녔다.

그런데 경기 중에 폰이 느닷없이 뛰었고 누군가를 잡으려고 했는데, 그 대상이 누구인지 정확히 파악하고 추격했다.

사람들이 붐볐으나 크게 원을 그리며 돌아 놈의 꼬리를 잡았다. 반항하면 남들 눈에 띌 소란이 일 것 같아 보다 완벽한 기회를 잡으려고 정면으로 마주칠 상황을 유도했다.

인근에 인파가 넘쳐 총기를 쓰지 못할 것이라고 판단했고, 그렇다면 단번에 제압할 자신이 있었다.

"그런데 놈은 생각지도 못한 암기를 사용했습니다."

"암기요?"

"제가 정면에 나타나 길을 막자 손을 휙 저었는데, 뭔가가 날아와 가슴 부위에 맞았습니다. 암기를 사용할 줄은 꿈에도 몰랐고 눈에 보이지도 않았기 때문에 허수라고 생각한 게 실수였습니다."

"암기가 아닐지도 모릅니다."

"그게 무슨 말씀이십니까?"

"일단 가면서 얘기하죠."

혼자만 알고 지나치려고 했다.

하지만 이번 사건을 겪으며 깨달았다. 그건 판타지가 아닌 현실이며 가까운 사람을 다치게 할 수도 있다는 것을.

특히나 자신의 경호를 책임진 임 팀장에게는 진즉에 털어놓지 않은 것이 실수이며 자만이라고 생각할 수밖에 없었다.

그래서 저간의 상황을 짧게 전해 줬다.

자신이 그랬듯 임 팀장도 믿지 않았다.

거친 사선을 걸었던 그는 자신이 경험해 보지 못한 것에 대한 반감이 더 컸을 것이다.

"지난 대회에서 첫 번째 부상은 여러 해석이 가능하지만, 팔꿈치 부상은 스윙 중에 발생할 수 있는 게 아니었습니다."

"저도 그 부분은 이해가 되지 않았는데, 격공술이 실재한다는 겁니까?"

"공간을 격하는 무술이라기보다는 염력에 가깝습니다."

"염력이요?"

"제 눈으로 직접 봤습니다. 특이한 자질을 타고난 소수의 인물들이 그런 능력을 현실화시켰다고 합니다."

"그게 사실이라면…."

전제가 붙었지만 실로 무서운 일이 아닐 수 없었다.

암기가 아닌 염력으로 심장을 타격해 정신을 잃게 만들 능력자들이 실재한다면 경호에 어려움이 있을 것은 뻔했다.

듣도 보도 못한 이야기지만 사실이라는 전제하에 대책을 마련해야 하는데, 그 무게감이 컸는지 임 팀장의 표정이 딱딱하게 굳었다.

"너무 걱정하지 마십시오. 그들의 능력이 위협적이었다면 세상을 모두 뒤집었겠죠. 그저 돈벌이 수단으로 악용하는 수준이라면 미리 대비만 잘하면 극복할 수 있다는 의미입니다."

"그럴까요?"

"예를 들어 놈들에게 그런 재능이 있다는 것을 미리 알았다면 팀장님이 그렇게 쉽게 당했을까요?"

"그렇지는 않습니다. 놈의 신체적 능력은 허술해 보였습니다. 그렇게 만만히 보지 말았어야 하는데…. 내 이놈들을!"

"바로 그겁니다. 모른다면 모를까, 알면 얼마든지 대처할 수 있죠. 또한 내 사람을 먼저 건드린 이상, 저도 그냥은 지나칠 수는 없습니다!"

태주가 다부진 각오를 밝혔다.

샷을 할 때를 제외하면 이렇게 진한 감정을 드러내거나 표현하는 경우가 없는 사람인데, 곁에 앉은 임성준이 움찔할 만큼 사나운 기세를 여과 없이 드러냈다.

다른 건 볼 것도 없이 태주라면 그들보다 더 강한 초월적 능력을 발현시킬 수 있을지 모른다는 생각을 들게 만들었다.

원치 않았으나 자꾸 잡아끄는 그 기묘한 세계에 한 발 더 다가서게 된 셈이다. 그런데 투지를 드러낸 태주를 분노케 하는 사건이 꼬리를 물었다.

"그게 무슨 소립니까!"

"우리 요원들이 폰의 신원을 확보해 데려오고 있답니다."

"언제 도착합니까?"

"10분 안에 도착할 겁니다."

"숙소로 오라고 하시죠."

임 팀장을 보러 가면서 느낌이 좋지 않았다.

훼방꾼을 잡으려다 실패했다면 그 사건을 들춰낸 당사자인 폰도 놈들에게는 위협이 될 것 같았기 때문이다.

그래서 헬렌에게 특별히 당부했는데, 그녀가 올 수 없는 상황이었던 모양이다. 그렇다면 그렇다고 정확히 대답했어야 하는데, 사안을 가볍게 본 것 같았다.

그나마 일반 직원이 아닌 특수한 역할을 감당하는 요원들에게 지시를 내렸고 경호하러 나왔는데, 서로 엇갈린 것이다. 폰이 기다릴 태주를 생각해 조금 더 일찍 나왔기 때문이다.

"우리 요원들이 경호대상이 사라진 걸 빠르게 확인하고 미심쩍은 상황을 되짚어 주차장에서 빠져나가는 자동차를 곧바로 추격한 게 주효했어요."

"폰이 다치진 않았죠?"

"네. 그녀는 털끝 하나 다치지 않았답니다."

"와서 보면 알겠죠."

기다리는 내내 자중하려고 노력했다.

하지만 화를 주체하기 힘들었다.

다른 사람도 아닌 폰이 납치될 뻔했기 때문이다.

임 팀장의 사고를 겪은 뒤라서 더 민감할 수밖에 없었다.

하지만 숙소 주차장에서 기다린 태주는 폰을 무사히 데려온 헬렌의 요원들 상태를 보고 할 말을 잃었다.

셋 중에 한 명은 당장 후송해야 할 만큼 심하게 다쳐 차에서 내리지도 못했으며, 다른 두 명도 심하게 다쳤기 때문이다.

태주를 보자 조르르 달려온 폰이 멀쩡하다는 것을 확인했지만, 헬렌의 후속 조치를 주목하지 않을 수 없었다.

"수고했어."

"면목 없습니다!"

"아니야. 최선을 다한 거 알아. 라이온 8호를 얼른 병원으로 데려가고 너희들도 치료받아. 그리고, 타이거 1팀 요원들 이곳으로 집결하라고 전해."

"네!"

사람을 다시 봐야 할 상황이었다.

헬렌은 마치 전장을 지휘하는 사령관 같았다.

부하 직원이 심하게 다쳤음에도 감정적인 동요는 보이지 않았고 빠른 일 처리와 격려도 아끼지 않았다.

새로운 정보로 인해 한결 더 민감해진 임 팀장도 그 광경을 지켜보는 눈빛이 더 깊어졌다.

이들의 체계가 군 특수부대 못지않았기 때문이다.

그러나 그들이 자리를 뜨자 헬렌은 언제 그랬냐는 듯 미소 띤 얼굴로 폰의 상태부터 살폈다.

"미안해. 진즉에 경호를 강화했어야 하는데, 백주대낮에 사람을 납치하려고 시도할 줄은 몰랐어."

"왜 이런 일이 일어나는 거죠?"

"그건 TJ한테 듣는 게 나을 것 같아."

"네. 제가 알아서 하겠습니다. 그나저나 직원들이 다쳐서 어쩝니까?"

"죽지 않아 다행이죠. 일단 들어가 쉬시고 잠시 후에 시간

되면 제게 잠깐만 시간을 내주세요."

"그러죠."

폰부터 챙기라는 배려, 고마웠다.

에이전트로서 경호는 당연한 거지만 그렇게 생각할 게 아닐지도 모른다는 생각이 들었다.

희생이 너무 컸다.

자신이 꿈꾸고 도전하고 있는 골프는 이런 것과 하등 상관이 없는 스포츠인데, 왜 이런 사나운 일이 일어나는지 이해할 수 없었다.

이게 다 돈이 얽혀 벌어진 것이라고 생각하자 치가 떨렸다.

헬렌이 곁을 지킨다는 것이 얼마나 고마운 일인지.

머리가 복잡했지만 폰부터 챙겨야 했다. 어린 여자애가 납치될 뻔했으니 그 심리 상태는 가늠하기도 어려웠다.

그런데 폰에게 생각보다 더 심각한 상황을 듣게 되었다.

"마취를 시키려고 했어요. 실제로 정신을 잃었고요."

"어떻게?"

"라커룸에서 봤던 여자가 뒤에서 갑자기 손수건으로 제 입을 막았어요. 정신을 잃었다가 깨어났을 때는 차 안이었어요. 제가 그들의 대화를 다 듣진 못했지만 두 사람 이름은 똑똑히 들었어요."

"말해봐."

"마리아. 그리고 스나이퍼 B."

대화의 행간은 파악하지 못한 것 같았다.

하지만 두 인물 중에 한 명은 들은 바가 있던 이름이었다.

골드핸드 회장 리처드의 수행비서 마리아, 휠체어를 밀던 볼륨감 절정인 그녀의 끈끈한 시선이 독특해 기억해 뒀었다.

꼿꼿하게 턱을 들고 사람을 무시하듯 내려다보던 그녀의 시선은 리처드의 정중한 태도와는 현격한 차이가 느껴져 그게 리처드의 본심이라는 생각을 했었다.

그렇다면 이 모든 사건의 원흉은 리처드라고 단정 지을 수 있었다.

"괜찮아? 조금이라도 이상하면 병원부터 가자."

"아까까지만 해도 어지럽고 구토가 일었는데, 오빠 곁에 있으니까 그런 증상들이 말끔하게 사라졌어요. 우리 아무래도 환상의 커플, 아니 조합 같아요."

"나도 네가 내게 힐러와 같은 존재라고 생각해. 하지만 이번 대회 끝나면, 아니지. 내일은 하우스캐디 쓰면 되니까 임 팀장과 함께 있다가 대회 끝나면 바로 공항에 데려다줄게."

"싫어요. 뭐가 무섭다고 제가 캐디 일을 포기해요!"

"폰!"

"그리고 나 한국이나 태국에 돌아가지 않을 거야. 오빠랑 같이 미국에서 도전하고 싶어요!"

폰을 데리고 있고 싶었다.

오랫동안 곁을 지켜 주지 못한 것이 늘 미안했고 이제라도 곁에 두고 세심하게 하나하나 챙겨 줄 생각이었다.

게다가 서로를 보완해 주는 조화로운 역할을 감지했기에 녀석과 함께 지낼 수 있도록 일상을 조정할 생각도 했었다.

하지만 녀석이 거부하는 바람에 포기했다.

그런데 갑자기 마음을 바꾼 것이다.

그 말을 들어줄 수 없었다. 자기 때문에 위험에 노출되었 다는 자괴심마저 드는데, 어떻게 곁에 둘 수 있겠나.

그러나 꺾을 수 있는 고집이 아니었다.

"너를 위험에 노출시키고 싶지 않아!"

"이제 겨우 캐디 일에 눈을 떴어요. 구경하느니 필드에 있 을게요. 필드 위에는 시선이 많아 위험할 일이 없잖아요."

"그래. 그렇게 하자. 하지만 모든 상황이 정상화될 때까지 넌 카오야이로 돌아가 더 빡세게 준비해."

대답하지 않았다.

고집을 꺾기 힘들 것 같다는 느낌이 들었지만 시간을 두고 차분하게 설득하면 된다고 생각했다.

일단 폰이 걱정한 만큼 타격을 입지 않아 다행이었다. 녀 석이 아무 일도 없다는 듯 일상으로 돌아가는 모습을 보이자 태주는 헬렌을 만났다.

그리고 이런 짓을 벌이는 리처드, 그리고 그의 조직인 골드핸드에 대한 설명을 들었다.

이젠 믿지 않을 수 없었다.

"리처드는 PK를 알아보는 재주가 있고 그들의 잠재력을 격발하고 개발시키는 능력자라고 보고 있어요."

"염동력자의 조직을 운용한다는 거군요."

"아빠는 그들이 스포츠계를 망치고 있다고 판단하고 계세요. 하지만 그 수준이 저열하다고 치부하셨는데, 그건 우리가 지하 베팅에서 손을 떼는 단계이기 때문에 무시하는 것일 뿐. 제가 보는 그들의 능력은 우리가 운용하는 최상급 전단에 비해 결코 떨어지지 않는다는 게 제 판단이에요."

"알면서도 애써 외면해왔다는 거군요."

"아빠 입장에서는 더 이상 지긋지긋한 피비린내를 맡고 싶지 않으셨던 것 같은데, 적어도 릭은 처리를 했어야 해요. 적당한 기회가 있었는데, 그냥 넘기시더라고요."

제때 때려잡지 않아 무시할 수 없는 세력을 갖췄다고 봤다.

하지만 태주의 느낌은 달랐다. 언제라도 마음만 먹으면 잡을 수 있을 것이라고 봤을 수도 있고, 건드리지 않는 게 자신과 가문을 위한 최선이라고 생각했을지도 모른다.

중요한 것은 지금 그들과 격렬하게 충돌할 상황에 처했다는 점이었다. 가만히 두면 더 위험해질 것이며 당하고도 모른 척하면 놈들은 약점을 더 집요하게 물고 늘어질 가능성이 높다.

"잡아야 합니다!"

그 말의 의미는 확실했지만, 방법을 제시할 수 없다는 것이 답답했다. 결국 마틴의 도움을 요청하는 셈인데, 그건 에이전시의 당연한 지원 범주라고 보긴 어려웠다.

건강한 신체를 지녔고 필드 위에서는 두려울 것이 없는 극강의 보스지만 불법 부정을 저지르는 놈들을 해치울 재주가 없었다.

답답하고 자존심 상하는 상황이었는데, 헬렌이 묘한 말을 던졌다.

"TJ. 이번 대회 끝나면 아빠랑 미팅을 가지세요."

"미팅이요?"

"어떻게 들릴지 모르지만, 오해 없이 들어 줬으면 좋겠어요. 아빠는 당신이 아빠나 릭보다 더 강력한 힘을 갖췄다고 보고 계세요."

"강력한 힘?"

"네. 심플한 염력이나 최면, 흑마술 같은 게 아니고 초자연적인, 그래서 신성하게 느껴질 능력을 부릴 수 있다고 생각하세요."

"신성한 능력이라…. 과도한 상상 아닐까요?"

"각성하기 전까지 받아들이기 어려울 거 알아요. 저도 그렇게 말을 했었고요. 하지만 아빠는 이렇게 말씀하시더라고요. TJ는 이미 초월적인 힘에 대한 경험이 있을 거라고."

말문이 턱 막혔다.

이건 게리 브라운에게서 받은 충격과는 또 달랐다.

게리 가문은 골드핸드와 다를 바가 없는 이상한 능력의 소유자들이다. 다만 핏줄로 이어진 오랜 경험이 누적되었고 조직된 힘으로 그 위력을 배가시킬 수 있을 뿐.

그러나 마틴은 달랐다.

본인이 나고 자란 땅의 정서와 더 적합하기 때문일지 모르나 마치 점쟁이처럼 사람의 운명을 꿰뚫어 본다는 느낌을 받았다.

그 말은 곧 빙의한 자신의 비밀을 넘볼 수도 있다는 의미였기에 생각할수록 모골이 송연해졌다.

하지만 더는 물러설 곳이 없었다.

"그럽시다. 마틴의 예상이 적중한다면 나도 한몫 거들 수 있다는 거니까."

"아빠가 기뻐하실 것 같아요. 그리고 놈들의 도발에 대해서는 적절한 응징에 나설 거예요."

"피를 보는 일입니까?"

"눈에는 눈, 피에는 피, 그게 이 바닥의 룰이니까요."

"크로스 카운터는 타이밍을 재는 것이 나을 것 같고 우선은 안전에 만전을 기하는 것은 어떨까요?"

"참나! 어째 둘이 똑같은 말을 하죠?"

마틴도 같은 의견을 냈다고 했다.

헬렌은 책임지고 싶어 했다.

태주를 건드린 것도 모자라 뜻대로 되지 않자 폰을 납치해 협박을 하려고 한 것 같은데, 그 저급함이 용서가 되지 않는 것 같았다.

하지만 서로 공격하다 보면 피해는 쌓일 수밖에 없다.

적에게 얼마나 타격을 입히느냐는 의미가 없다. 내 소중한 사람들이 해를 입지 않도록 하는 것이 더 중요하기 때문이다.

다행히 헬렌은 말뜻을 알아들었다.

* * *

"이런 멍청한 새끼들! 어린 여자애 하나 처리하지 못해서 당해?"

"죄송합니다. 그 꼬맹이한테 다크 드래프트 요원들이 붙어 있을 줄은 몰랐습니다."

"그래? 그렇다면 그 애가 약점이었다는 게 확실한 거잖아!
에이! 이제 어떻게 하지? 가만히 있을 놈들이 아니잖아?"

"네. 헬렌이 타이거 요원들을 소집했습니다."

"그럼 우리도 가만히 있으면 안 되잖아. B에게 연락해 저
간의 상황을 말씀드리고 도움을 청해."

"여사님께서 직접 전화를 넣어 주시는 건 어떻겠습니까?
무척 기뻐하실 것 같은데…."

"그런가? 알았어. 내가 연락할게."

오로지 빅 보스의 여자라는 이유로 막강한 권력을 휘두르
고 있는 마리아, 하지만 그녀의 재주는 흔치 않은 것이었다.

평소 리처드는 잠을 자지 않는다.

수면은 죽음의 예행연습이라나?

여하튼 며칠이고 수면을 취하지 않으면 점점 더 날카로워
져 별것도 아닌 일로 사람이 죽어 나가기도 한다.

그런 마신(魔神)을 마리아는 재울 수 있었다. 10여 분만에
폭발을 맛보고 푹 곯아떨어진 리처드는 최소한 반나절은 시
체처럼 존재감이 없다.

그럴 때마다 마리아는 그를 대신해 권좌의 달콤함을 누린
다. 헬렌이 전략을 수정한 것은 헤아리지 못했다.

"으음…. 전 이 풀 냄새가 너무 좋아요."

"바람이 선선하게 불어 더 싱그러운 느낌이야."

"근데 알고 보면 이건 잔디의 피 냄새나 다름이 없는 거잖아요. 하루에 몇 번씩 잘리는 그 기분, 정말 아플 텐데."

"하하! 아파?"

"네. 하필 골프코스에 심겨 커 보지도 못하고 잘리는 거잖아요."

"그런가?"

명문 골프장은 하루에 두 번 이상 잔디를 관리한다.

잔디를 자르고 나면 풀 냄새가 물씬 풍기는데, 필드를 좋아하는 사람들은 그 특유의 냄새를 좋아한다.

본인이 골프를 치기 위해 필드 위에 서 있다는 것을 실감할 수 있기 때문이다.

하지만 폰은 생각지도 못한 시각을 언급했다.

필드의 컨디션을 유지하기 위해 일정한 길이가 되기 전에 반복적으로 잔디를 자르는데, 잔디 입장에서는 그보다 큰 고문이 없을 것이다.

"아저씨!"

"야. 내게서 5m 이상 떨어지지 말라니까!"

"그럼 오빠도 빨리 뛰어와요."

"난 백 멨잖아. 원래 이건 캐디가 메는 거라고!"

아무 소용이 없었다.

우즈를 발견한 폰이 폴짝폴짝 뛰어가 버렸다.

선수들과 캐디, 소수 검증된 직원만 출입이 가능한 연습장이기 때문에 지나치게 민감할 필요는 없는데, 그래도 발걸음이 절로 빨라졌다.

타이거는 환하게 웃으며 반겼다.

자신보다 폰을 더 반기는 게 묘했지만 아빠 같은 푸근한 미소의 의미를 폰도 알고 있는 것 같았다.

"보면 볼수록 대단해!"

"운이 좋았습니다. 선두권이 치고 나가면 방법이 없는데, 균형을 맞춰 주네요."

"그러고 싶었겠어? 한계에 부딪힌 거지."

"형도 톱10 진입 노리셔야죠?"

"나?"

타이거 우즈는 -4, 공동 21위였다.

공동 9위가 -8이기 때문에 만만치 않은 격차지만 수없이 많은 역전극을 찍었던 그 특유의 몰아치기만 나온다면 불가능한 것도 아니다.

하지만 그저 씩 웃고 말았다.

그런 것에 목매고 싶지 않다는 의미로 해석되었는데, 그가 논란이 되고 있는 몇몇 장면에 대한 이야기를 꺼냈다.

"난 뭔가 잘못 돌아가고 있는 것 같아. 자네 생각은 어때?"

"글쎄요. 아직 그 무엇도 확신할 단계는 아니라고 생각합니다. 오늘 그들을 만날 테니까 제 눈으로 직접 보고 판단해야죠. 하지만 선입견은 지우고 나서는 게 나을 것 같습니다."

"아! 그래야지. 애런은 그나마 쌓아 온 명성이 있으니까 걱정이 없는데, 독일산 깡통 전차가 신경 쓰이게 할 것 같아서."

"설마 때리기야 하겠습니까! 흐흐."

타이거는 최종 라운드를 챔피언 조에서 출발하는 태주가 어떤 것을 조심해야 하는지 짚어 주고 싶어 하는 것 같았다.

셋이 함께 플레이하지만, 각자의 클럽으로 각자의 공을 치기 때문에 마음먹기에 따라 상황은 다양하게 나타날 것이다.

아무 상관이 없을 수 있다는 말은 현실을 외면한 생각이다. 누구든 동반자의 플레이에 영향을 받을 수밖에 없으며 신인 선수일수록 부정적인 경향은 더 극심하게 드러난다.

하지만 태주는 더 이상 루키가 아니다. 메이저 타이틀 포함 PGA 4승에 빛나는 최고의 골퍼이며 수많은 난관을 극복하는 드라마를 연출한 투지의 화신이었다.

그럼에도 여유를 잃지 않은 마음가짐에 타이거도 우려를 걷어낼 수 있었다.

"아저씨. 오늘 스윙 리듬이 최고, 최고인 것 같아요."

"정말?"

"네. 적어도 오늘 6언더는 치실 거예요."

"6언더?"

"네. 확실해요."

"만약 내가 6언더 이상을 치면 네 소원 하나 들어주마."

"진짜죠? 뭐든 다 해 주실 거죠?"

"그래. 허허허!"

그때는 그게 폰의 깜찍한 응원이라고 생각했다.

우즈가 기분 좋은 웃음을 터트리며 자신감을 얻은 것만으로도 그 가치는 상당하다고 생각했다.

실제로 기대 이상의 성적을 거둘 줄은 몰랐다.

남다른 하루가 시작되었다.

최대한 표가 나지 않도록 훈련되어 있었지만 이중 삼중으로 강화된 경호가 태주의 빼어난 감각에 잡혔기 때문이다.

개인적으로는 몹시 껄끄러웠지만 폰을 위해 필요한 조치였기에 적응하려고 노력했다.

- 드디어 챔피언 조가 스타트 포인트로 이동한다는군요.

- 리키도 -11인데, 왜 밀러를 마지막 조에 넣었는지 모르겠습니다. 나름 흥미로운 대결 구도를 만들려는 것 같은데, 개인적으로는 매우 아쉬운 결정으로 비칩니다.

- 화제에 오른 밀러의 비매너가 TJ에게 악영향을 줄지도 모른다는 의견이 있던데, 그걸 이겨 내는 모습도 관전 포인트 중의 하나인 것 같습니다.

- 그건 바람직하지 않습니다. 최고의 무대를 누비는 선수라면 높은 기량과 집중력으로 승부해야 합니다. 그런 측면에서 저는 리키가 더 어울린다고 생각한 겁니다. 동반자들에게 악영향을 미칠 걱정을 해야 하다니, 그건 절대 바람직하지 않죠!

아직 플레이가 시작되지도 않았는데, 말이 많았다.

그만큼 이 결전의 결과에 많은 이들이 주목하고 있으며 구설에 오를 사건이 많았다는 뜻이었다.

공동선두인 애런의 우승 확률은 22%에 머물렀지만, 어제 45%였던 태주의 우승 확률은 아침에 51%로 조정되었다.

절반을 넘는 확률은 몇 타 차 단독 선두일 경우에나 가능한데, 정통 강자라는 이미지가 굳어 가고 있다는 의미다.

본인으로서는 기분 좋은 해석이었다.

"TJ. 함께 플레이하게 되어 영광입니다."

"무슨 그런 말씀을 하십니까. 반갑습니다. 밀러. 골프 치기 참 좋은 날씨군요. 그렇지 않습니까? 애런."

"반갑소. TJ."

"잘 부탁드립니다."

의외였다.

모난 성격의 소유자로 알려진 짐 뮐러가 환하게 웃으며 먼저 다가와 인사를 건넸기 때문이다. 마치 선수를 치는 느낌이었다.

한발 늦은 애런이 머뭇거리자 태주가 한 발 다가서며 손을 내밀었다. 투어 후배로서 마땅한 행위라고 생각했는데, 뭔가 어색한 느낌을 지울 수 없었다.

그런데 손을 맞잡는 순간, 화들짝 놀란 애런이 손을 뺐다. 이상한 충격을 느꼈다면 태주도 이해를 할 수 있겠으나 본인은 아무렇지도 않은데, 왜 저러나 싶었다.

'이렇게 견제를 하나?'

우승 후보들의 첫 만남에 촉각을 곤두세우고 있던 팬들이 오해하기 딱 좋은 행동이었다. 마치 고의적으로 꽉 움켜잡아 고통을 준 것처럼 손을 어루만졌기 때문이다.

태주의 생각과 달리 그는 얼굴까지 시뻘게졌다.

왜냐면 아침에 주입받은 마나가 물밀 듯이 빠져나가는 느낌을 받았고, 갑작스러운 고통에 정신이 혼미해졌던 것이다.

그 광경을 지켜본 뮐러가 한 발 뒤로 물러선 장면만 봐도 이들과 태주의 사이에는 묘한 역학 관계가 형성된 것이 분명해 보였다.

그런데 폰은 그 장면을 흥미롭게 해석했다.

"마치 고양이 앞에 쥐새끼 같아요."

"누가?"

"저 두 프로요. 얼마나 대단한지 걱정했는데, 그럴 필요 없을 것 같아요."

"단정하긴 일러. 너도 말과 행동을 조심해. 사방에 카메라가 조준하고 있어. 태국 말이라도 불필요한 말은 하지 않는 게 좋아."

"아! 알았어요."

사실 이 조합에 대해 우려를 표한 이들이 많았다.

태주가 받아들일 가능성이 낮아 입 밖에 내진 못했으나 그런 생각을 가진 이들이 다 함께 모여 직관하고 있었다.

게리 브라운과 클라인, 올리비아, 그리고 마틴 문도 아침에 도착해 헬렌과 나란히 응원 대열에 합류했다.

챔피언 조 선수들의 만남을 지켜본 브라운의 입가에 미소가 번졌고 마틴도 자신의 생각을 여과 없이 내뱉었다.

"괜한 걱정을 했나 봅니다."

"어? 자네도 감지했나?"

"처음부터 급이 달랐던 겁니다. 가벼운 터치에 저렇게 움츠린다면 제아무리 용을 써도 제 기운을 펴지 못할 겁니다."

"그렇다면 내 예상이 틀리지 않았다는 건데…."

"글쎄요…. 허허허."

두 사람은 태주에 대한 입장이 달랐다.

접근 방식부터 다르기 때문인데, 일치하는 부분도 있었다.

영험한 기운을 품고 있다는 것.

게리 가문에서는 그걸 홀리 세인트라는 존재로 해석하지만 마틴은 동의하기 어려웠다. 아무래도 경험과 정서가 다르기 때문인데, 한국인은 한국적인 해석을 하는 것이 옳다고 봤다.

어찌 되었든 경기는 시작되었고 밀러와 애런도 나름의 장점을 잘 살린 스윙으로 격렬하게 싸웠다.

- 간을 보는 걸까요? TJ가 조심스러운 출발을 하네요?

- 어차피 홀은 많이 남았고 170야드가 남아도 2온을 하는데는 아무런 문제가 없기 때문일 겁니다.

- 그래도 아너인 애런이 340야드를 넘겼는데, 불가능하다면 모를까, 저 같으면 더 강력한 샷으로 상대를 압박할 것 같아서 그러죠.

- 어차피 1번 홀 핀 위치가 까다롭고….

브랜든이 말을 하다 멈춘 이유는 세 번째로 티샷을 때린 밀러가 평소와 다른 넘치는 파워를 보여 줬기 때문이었다.

밀러의 장점은 정교함에 있다.

드라이브 티샷 평균 비거리가 305야드 안팎이었다. 물론 투어프로들은 언제든 평균 비거리의 30, 40야드는 더 날릴 수 있는데, 워낙 편차가 적은 일정한 샷을 보여 왔기에 멈칫하지 않을 수 없었다.

"오호! 힘이 넘치는 날인가?"

"보여 주려는 의도가 강한 것 같아요."

"페어웨이도 잘 지켰잖아. 하지만 저렇게 힘을 쓰면 자신의 장점을 살리기 어려울걸?"

"보면 알죠."

491야드 파4 홀에서 태주는 가볍게 322야드만 공략했다.

어차피 깃대를 좌측 끝 벙커 뒤에 꽂아 놔 붙여서 버디를 노리는 시도는 무의미하다고 판단한 것이다.

그래도 최대한 짧은 거리를 남기면 유리하지만 170야드나 140야드나 숏 아이언을 잡기는 마찬가지였기에 참았다.

9번 아이언을 잡은 태주는 안전한 공략을 했고 4야드지만 버디는 노릴 수 있는 위치로 잘 보냈다.

은근한 압박이 되리라 믿어 의심치 않았는데, 밀러보다 먼저 세컨샷을 휘두른 애런의 결과부터 심상치 않았다.

"아깝네!"

"10cm만 더 나갔어도 바운드 한 번에 딱 붙었을 것 같아요. 하지만 중요한 것은 지금 벙커에 빠졌다는 거죠. 크크."

"밀러의 장타를 의식한 것 같아. 왜 저렇게 민감하지?"

"같은 편인 것 같으면서도 잡아먹을 듯 싫어하는 '천지대적', 뭐 그런 느낌이랄까?"

"천지대적? 그런 표현은 어디서 배웠어?"

"웹툰. 한국 무협 만화가 제 취향인 거 모르죠?"

"뭐?"

태국어로 대화를 나누다 말고 어려운 한자로 된 한국어 표현을 써서 깜짝 놀랐다.

공부하랴 운동하랴 한시도 놀지 않는다고 생각했는데, 역시 나이는 속일 수 없다는 생각이 들었다.

폰이 한국 웹툰을 통해 한국어 공부를 한다는 것은 몰랐다. 보통 K드라마를 활용하는데, 만화는 빨리 스쳐 지나가지 않고 폰의 독특한 취향도 저격했던 것이다.

밀러와 애런이 골드핸드와 에이전시 계약을 맺었다는 정보를 들었다. 그런데도 이전 라운드에서 험악한 분위기를 연출해 의아했었다.

그런데 실상은 더 심각했다.

"좋은데?"

"그러게요."

예상과 달리 장타를 때린 밀러가 2m 안팎의 멋들어진 세컨샷에 성공했다. 정교한 아이언 기량이 빛난 결과였다.

이틀 간 골프 팬의 관심을 쏙 파먹은 그가 어제 하루 쫄딱 망하며 좋지 못한 매너까지 보인 탓에 2타 차 공동 3위임에도 우승 확률이 8%에 불과했다.

하지만 오늘은 개과천선이라고 한 사람처럼 깔끔한 출발을 보였다. 흥미로운 점은 그 대목에서 애런의 인상이 사정없이 구겨진 것이었다.

보통 같은 소속사일 경우, 선의의 경쟁을 하는 척이라도 한다. 에이전트의 체면을 봐서라도 어쩔 수 없는데, 이들의 에이전트는 새벽에 불러 얼토당토않은 지시를 내렸다.

"그게 대체 무슨 말입니까?"

"상금은 내가 알아서 챙겨 준다니까!"

"돈이 문제가 아니죠. 이러려고 저랑 계약하신 겁니까?"

"응."

"네에?"

"봐 봐. 만약 네가 우승할 확률이 더 높았다면 난 널 밀어 줬을 거야. 하지만 네 우승 확률은 8%, 애런은 22%잖아. 게다가 너희들이 깨부숴야 할 적이 누군지 알잖아."

"그래도 전 동의할 수 없습니다."

뮐러는 마리아의 제안을 도저히 받아들일 수 없었다.

포기하고 애런을 밀어주라니?

게다가 TJ가 우승할 것 같으면 실격을 당하는 한이 있더라도 방해를 하라는 노골적인 지시를 내렸다.

아무리 우승이 중요해도 그렇지, 소속 선수에게 요구할 수 있는 선을 넘었다. 제안이 아니라 일방적인 강요라는 점도 반발심을 자극했다.

하지만 끝내 받아들이고 말았다.

'네년 뜻대로 되나 봐라!'

딱 그런 생각이었다.

왜냐면 제안을 거부할 경우, 생명수와 같은 기운을 나눠주지 않겠다고 선언했기 때문이다.

욕심이 자존심을 이겼다.

일단 힘을 갖춘 뒤에 자기 뜻대로 하면 그만이라고 생각했다. 하지만 그 스스로 인지하지 못한 것이 있었다.

마리아가 주입하는 마나의 중독성이 그것이었다. 어제 하루 쉬었을 뿐인데, 마약을 찾는 중독자처럼 목말랐다.

그리곤 아낌없이 첫 홀부터 모든 힘을 품어내고 있었다.

'내가 앞서가면 딴소리 못 하겠지!'

'더도 말고 전반에 5타만 줄여 단독 선두로 나서면 돼!'

참으로 어리석고 이기적인 자였다.

마리아가 애런을 밀어주라고 한 이유는 배팅 때문이다. 리처드에게 발각되어 K가 죽는 일까지 벌어졌지만 이미 담근

거금을 헬렌은 포기할 수는 없었다.

리처드도 모른 척해주며 무리하지 말라는 말만 남겼다.

능력 과용으로 파문을 일으키지 않는 범위 내에서 정교한 작업이 이뤄질 수 있다고 판단했는데, 초장부터 재를 뿌린 셈이었다.

"그렇지!"

애런의 벙커샷을 쳐다보고 있던 밀러가 터트린 소리다.

벙커 탈출에 실패했는데, 환호성을 지르는 추태를 보인 것이다. 의식한 건 아니지만 속내가 고스란히 드러난 그의 행동에 주변에 몰려 있던 팬들의 야유성이 들끓었다.

그런데도 얼굴색 하나 변하지 않고 딴전을 피웠다.

경쟁자가 알아서 무너지는 것을 슬퍼할 선수는 없다. 하지만 그 마음을 노골적으로 표현하는 것은 금물이다. 홈런을 때리고 빠던을 하는 것처럼 금기시되는 행위였다.

"쓰레기네요!"

"흐흐. 그렇게까지 표현할 필요는 없어. 조심하라니까!"

"큭! 근데 원수가 따로 없네요."

"뭔가 있긴 하나 봐."

"가만 두면 저러다가 둘 다 무너질 것 같아요."

"어허!"

사실 그런 상황은 중계진도 언급하고 있었다.

같은 소속사 프로들이 지나치게 견제하는 것 같다고.

그러면서 은근히 골드핸드라는 이름도 언급했는데, 최근 무섭게 성장하는 초대형 에이전시 회사라고 말했으나 칭찬 보다는 비난에 더 가까웠다.

소속 선수들을 관리하지 못한다는 의미를 담고 있기에.

그런 상황이 리처드의 귀에 들어갈 경우, 피를 부를 수도 있다는 것은 감안하지 못한 발언이었다.

"뭐죠?"

"뭐가? 나이스 샷이잖아."

"오빠는 못 느꼈어요. 저 사람이 샷을 할 때 스산한 기운이 퍼지는 거?"

태주는 고개를 저었다.

하지만 사실대로 말할 수 없었다.

태주는 확실하게 느꼈다.

애런이 정상적이지 않은 기운을 운용하고 있다는 것을.

하지만 그걸 인정하는 것이 두려웠다. 자신은 상관이 없지만 폰이 그런 능력을 보이는 것은 너무 위험천만했기 때문이다.

가까이 두면 안 된다는 생각이 더 강해졌다.

"두 컵?"

"두 컵 반, 26cm 봐야 해."

"잔디 결까지 감안한 거죠?"

"그렇지."

정확한 라인이 보였다.

컨디션이 매우 좋다는 의미였다. 부담스러운 거리지만 확신하고 정확한 터치를 했는데, 결과는 예상과 달랐다.

홀컵을 스친 것도 아니고 그냥 쑥 지나쳤다.

그 순간, 폰이 뮐러를 노려봤다.

놈이 움찔한 것만으로 증명이 되었다.

퍼팅에 수작을 부린 것이다.

태주도 한탄 섞인 한마디를 던질 수밖에 없었다.

"개수작 부리다 걸리면 손모가지 부러질 거다!"

"뭐라고?"

"조심하라고."

가까이 있는 사람에게만 들릴 저음이었다.

하지만 놈의 귀에는 천둥처럼 들렸는지, 인상을 확 구긴 놈이 눈을 부라리며 쳐다봤다.

하지만 조심하라는 말에 이내 꼬리를 내렸다.

마주한 눈빛이 서늘하게 느껴졌기 때문이었다.

그 행동이 놈의 머리를 복잡하게 휘저은 것일까?

뮐러는 버디 확률이 80% 이상인 짧은 퍼팅을 놓치고 말았다. 놈의 개수작과는 달랐지만, 결과는 다르지 않았다.

파, 파, 보기.

챔피언 조에 속한 셋이 한 타 차로 나란히 새로운 줄을 형성했다.

-13 TJ KIM

-12 애런 홈

-11 짐 밀러, 리키 파울러

오히려 2번 홀 티샷을 마쳤을 때는 그린 쪽에서 함성이 터졌다. 리키가 버디를 기록하며 공동 2위로 올라선 것이다.

나쁘지 않은 전개였다.

타수를 까먹은 애런은 더 강한 압박을 받을 것이며 순위가 내려간 밀러는 투견처럼 눈이 벌게졌기 때문이다.

태주도 더는 늦출 수 없이 치고 나가야 할 타이밍이라고 판단했다.

까앙!

아너로 나선 태주는 속이 확 뚫릴 장타를 날렸다.

449야드 파4 홀이기 때문에 구태여 장타를 때릴 필요가 없었다. 하지만 때가 왔다고 판단했다.

시시껄렁한 놈들의 개수작을 때려 부숴.

파란 하늘에 그림처럼 떠 있는 뭉게구름에 구멍을 뚫을
기세였다. 지난 사흘 동안 장타를 선보이지 않은 것은 아
니다.

하지만 이번 샷은 차원이 달랐다.

7화. 지존의 손아귀에

골프의 섬이 강림했다

- 와우! 마치 중력이 작용하지 않는 것처럼 날아가네요!

- 처음에는 탄도가 너무 낮다고 생각했습니다. 하지만 더 높이 날기 위한 저공 비행이었던 겁니다. 대체 얼마나 힘이 좋으면 저런 타구를 만들어 낼 수 있을까요!

- 아무도! 장담컨대 투어 내 그 누구도 저런 샷을 날릴 수 없습니다. 지존의 위엄이 느껴지는 명품 티샷, 아름답습니다!

- 저도 공감합니다.

현장에서 직접 보는 것과 TV를 시청하는 것의 차이가

느껴지는 샷이었다. 아무리 카메라 워크가 좋아도 생생한 타격음과 까마득하게 사라지는 타구를 바라보는 느낌은 달랐다.

사방에서 터지는 감출 수 없는 감탄사까지.

떨어질 줄 모를 것 같던 타구가 하강 곡선을 그리기 시작했다. 하지만 이미 300야드를 넘었다.

다만 오로지 폰만 하품까지 하며 넋두리를 해 댔다.

"이건 정말 제가 따라 할 수 없는 샷이네요."

"그렇게 생각할 거 없어. 넌 아직 성장이 끝나지 않았잖아. 체계적으로 운동해서 전신의 근육이 제대로 붙으면 너도 비슷한 거리를 보낼 수 있을 거야."

"전 싫어요."

"왜?"

"여자 몸짱은 아름답지 못하잖아요."

"그건 미의 기준을 어떻게 잡느냐는 문제지. 유라 봐, 남들은 통뼈라고 말하지만 내겐 그보다 아름다운 몸이 없어."

"아! 진짜. 이 아저씨가!"

둘이 수다를 떠는 사이, 드디어 타구가 떨어졌다.

캐리만 378야드, 실로 어마어마한 거리가 아닐 수 없었다.

거기다 바운드 이후 런도 무시무시했다.

- 어? 400야드를 넘겼습니다.

- 실제 투어 대회에서 400야드 이상 날린 선수는 많지만 대부분 뒷바람이나 내리막을 활용한 거리였습니다. TJ의 이번 티샷은 질적으로 다른 겁니다!

- 어우 씨. 조금만 더 나갔다면 파4 홀 1온이 될 뻔했습니다. 449야드가 그에겐 충분치 않은 거리로군요!

- 작정하면 올릴 수도 있다고 생각합니다. 다만 이번 티샷은 동반자들에게 보여 주는 일종의 경고나 시위로 보입니다.

- 함부로 덤비지 말라는 건가요?

- 그렇죠. 하하하!

페어웨이의 끝자락까지 굴러가 멈췄다.

전방으로는 러프가 없이 바로 그린으로 이어지는 홀이었기에, 실제 조금만 더 강해 그린에 올랐다면 핀에 붙을 수도 있을 힘과 방향이었다.

그걸 아쉬워하는 팬들과 그래도 벅차오르는 흥분을 감추지 못하는 팬들의 열화와 같은 박수가 쏟아졌다.

"오빠. 1온 노린 거죠?"

"응. 좀 부족했네."

"아! 난 언제쯤 그런 파워를 낼 수 있지?"

"멀지 않은 것 같은데? 그러니까 체력 단련 프로그램은 무조건 철저하게 이행해."

"알았어요."

그 폭발적인 샷에 인상을 구기는 이들도 있었다.

그나마 밀러는 정말 대단했다면서 티그라운드로 올라갔는데, 가식적인 웃음이 가소로웠다.

그리곤 태주를 따라 장타를 날릴 루틴을 밟았는데, 체구는 크지 않지만 뚝심 좋아 보이는 몸에서 제법 훌륭한 스피드가 나왔다.

그런데 티샷 결과는 최악이었다.

애당초 체중 이동이 원활히 되지 않아 확 감기는 악성 훅이 터지고 말았다. 캐디가 관전하던 갤러리들에게 조심하라고 소릴 질러야 했다.

"우후! OB네요."

"저기선 샷이 불가능할 거야. 근데 어떻게 저런 샷이 나오지?"

"다쳤어요."

"정말이야?"

밀러는 나무숲 속으로 날아가는 타구를 쳐다보지도 못했

다. 피니시를 하다말고 갑자기 주저앉아 꿈쩍하지 않았다.

그제야 알 수 있었다.

그가 왼쪽 팔꿈치를 부여잡고 고통을 호소한다는 걸.

어디서 많이 봤던 광경이다.

태주는 얼른 메디컬 팀을 호출했다. 그런데 보지 않았으면 좋았을 장면을 보게 되었다.

그런 짓을 한 자가 누구인지 알 수 있는.

"애런. 도저히 정면으로 승부할 자신이 없는 겁니까?"

"뭐라고? 그게 대체 무슨 말이야?"

"시치미를 떼시겠다? 좋습니다. 그건 나중에 증거로 말을 하도록 하죠. 하지만 분명히 경고하건데, 정당하게 갑시다!"

"별 헛소리를 다 듣네."

말은 그렇게 해도 몸을 틀어 외면했다.

메디컬 체크 중이기 때문에 그가 먼저 티샷을 하려는 것 같았다. 남에게 악행을 저지른 자가 잘되면 안 된다.

그러나 애런은 침착했고 354야드 페어웨이에 안착시켰다.

마음 같아서는 놈에게도 똑같은 고통을 주고 싶었지만 그건 올바른 선택이 아니며 그럴 능력도 없었다.

다만 부상이 생기자 근처로 다가온 헬렌과 눈이 마주쳤는데, 그녀의 음성이 들렸다.

'자기들끼리 치고받네요? 걱정하지 마세요.'

독순술을 배운 적도, 독심술을 배운 적도 없다.

하지만 신기하게도 그녀가 무슨 말을 하는지 이해가 됐다.

태주가 헬렌과 의사소통을 하는 걸 바라보던 폰이 한마디 거들었다.

"저런 짓 못 하게 할 수 있어요."

"어떻게?"

"이건 그냥 제 느낌인데, 아까 악수할 때 기겁했던 거 참조하면 될 것 같아요."

"타인의 몸에 손을 댈 수는 없잖아?"

"그게 문제죠. 그런데 저 치는 포기하지 않으려나 봐요."

"포기? 당연히 포기할 수 없지. 어떻게 잡은 찬스인데!"

"아무나 가능한 건 아닐 거예요."

밀러가 일어섰다.

누가 봐도 부상이 확실했기에 팬들은 박수로 응원했다.

하지만 그에게 허락된 라운드는 거기까지였다.

OB가 확인되어 티그라운드에서 다시 티샷을 했는데, 클럽헤드가 공 뒷부분을 때려 움푹 파였고 그 와중에 타격한 공이 바닥을 기어가더니 80야드 인근에 멈췄다.

- 우후! 부상이 심각한 것 같습니다. 클럽을 제대로 휘두르지도 못하는데, 이를 어쩌죠?

- 일단은 조금 더 진행해 보려는 것 같습니다. 포기할 수 없는 입장인 것은 이해하지만 판단을 잘해야 합니다. 누구나 TJ처럼 할 수 있는 건 아닙니다.

- 아! 참 안타까운 상황이네요. 유러피언 투어 초청 선수로 건너와 일생일대의 기회를 얻었는데, 부상 때문에 그것도 마지막 날 샷을 하지 못할 부상을 입다니….

성질이 못된 놈은 확실했다.

쉬지 않고 험악한 욕설을 내뱉었으니까.

아픈 것은 이해하지만 그래도 수많은 팬들이 지켜보고 있는 대회 챔피언 조에 있다는 것을 전혀 고려하지 않았다.

그나마 제 부상이 애런의 짓이라고 생각하진 못했다. 그걸 알았다면 골프고 나발이고 주먹질을 하고도 남았을 텐데.

러프에 빠진 공을 때리는 것은 벌써 4번째 샷이었다. 온 그린이 불가한 상황이니 잘해야 5온 1퍼팅, 더블보기였다.

그래도 공동 5위이기에 진정하고 샷에 집중해야 할 텐데, 7번 아이언 샷을 마친 뮐러는 고래고래 비명을 질러 댔다.

"끝났네요."

"인대가 끊어진 거지?"

"그런 것 같아요. 도무지 이해가 안 돼요. 저런 정도면 진즉에 포기했어야 하잖아요. 제 성실을 못 이겨 수술하게 된다면 프로 자격 미달이죠."

밀러의 상태를 폰에게 확인한 태주는 깜짝 놀랐다.

녀석에게 기대고 있다는 생각이 들었기 때문이다.

물론 서로 의학적인 지식이 부족한 것은 부정할 수 없다. 하지만 은연중에 폰의 재능을 인정한 셈이었다.

그걸 아무렇지도 않게 받아들이는 폰도 신기했다.

결국 짐 밀러는 구급 카트에 실려 나갔다.

이번 홀은 엉망이었지만 -11 공동 3위였는데, 포기할 수밖에 없는 심정을 고려하면 놈이 어떤 짓을 했든 가여웠다.

하지만 그런 나약한 마음에 못을 박는 소리가 들렸다.

"오빠!"

"왜?"

"그런 표정 짓지 마."

"무슨 표정?"

"안됐다고 생각할 필요가 없어. 내가 볼 때는 기본도 안

된 인간이야. 스윙도, 인간성도!"

고개를 끄덕일 수밖에 없었다.

그나마 성적을 냈던 플레이는 일관성은 결여되었지만 집중력이 돋보인 정교한 스윙을 보였다.

하지만 오늘 잠깐 지켜본 그의 스윙은 우승 문턱에 다가가기 어려운 수준이었다. 물론 모든 사람의 스윙이 같을 순 없지만 그래도 기본에 충실하고자 하는 생각조차 없었다.

다만 남의 일 같지 않은 부상 때문에 잠시 동정했을 뿐, 이제 다시 거침없는 질주를 해야 했다.

"나이스 샷!"

"고마워."

"전 사람을 보지 않습니다. 오로지 샷만 보죠."

애런의 세컨샷이 핀에 쩍 붙었다.

태주가 봐도 훌륭한 시도였기에 나이스 샷을 외쳤다.

그럴 것이라고 기대하지 않았던 애런이 고마운 마음을 표했으나 그는 용서할 한계 내에 있지 않았다.

태주도 38야드 칩샷에 집중했다.

PGA 투어 대회는 빠짐없이 중계하던 한국 골프 채널 NBS도 이제 슬슬 중계에 신바람을 내고 있었다.

- 장군 멍군이군요!

- 정말 자랑스럽습니다. 김태주 프로. 예선을 마쳤을 때만 해도 드디어 임자를 만났다고 난리였는데, 그런 헛소리를 하던 양반들은 다 어딜 간 겁니까?

- 히히! 실력이 어딜 가나요? 특히나 논란의 중심에 섰던 뮐러는 우승을 했더라도 구설수에 올랐을 겁니다.

- 임 캐스터. 그 사안은 거기까지만 하시죠. 너무 민감한 문제이기 때문에 여러 매체에서 집중 조명한다지 않습니까.

- 아니, 1번 홀 우리 TJ의 퍼팅을 보고도 그런 말씀이 나오십니까? 왜 그 공이 라이를 타지 않고 그냥 흘렀는지 전 도무지 이해가 되질 않습니다.

한국인은 똑똑한 민족이다.

그만큼 따지기 좋아한다.

미국 언론에서도 이번 대회에 나타난 기이한 결과에 대해 논란이 되고 있지만, 매우 민감한 사안이라 조심하고 있다.

하지만 한국 스포츠 언론들은 세계 파헤치고 있었다.

현장 상황에 따라 이변이 있을 수도 있지만, 우연도 자꾸 쌓이면 우연이 아닌 개수작이 된다는 주장이었다.

애런이 오늘 보기로 출발하며 흔들린 상황에 껄끄러운 뮐러가 경기를 포기하는 순간, 마치 우승은 따 놓은 당상처럼 여겼다.

- 그렇죠! 저런 걸 놓칠 김 프로가 아니죠.

- 나란히 버디를 기록하며 리키와의 격차를 벌렸습니다. 그런데 역시 애런 홈이라고 봐야 하나요?

- 아! 1번 홀 벙커에서 헤맬 때만 해도 제쳐 놔도 될 것 같았는데, 바로 리커버리를 해 버린 장면은 멋졌습니다.

- 19승을 거둘 때만 해도 천재 골퍼 소릴 듣던 선수입니다. 특히나 다승을 몰아칠 때는 정말 두려운 존재로 군림했었죠. 타이거나 미켈슨도 엄지를 들었던 실력자니까요.

- 그런데 어떻게 갑자기 옛날 실력을 되찾은 거죠? 최근 4년 동안 그의 성적은 그 이름에 미치지 못하지 않았습니까! 게다가 보디빌더 같은 저 체형, 골프가 아닌 프로레슬링 무대로 변한 것 같아 영 씁쓸합니다.

캐스터는 애런에 대한 비판적인 견해를 모으려고 했다.

하지만 허 해설은 맞장구를 치지 않았다.

누워서 침 뱉는 행위라고 생각한 이유는 아직 밝혀진 게 없는데, 한 번 불붙으면 너무 위험한 사안이었기 때문이다.

박수도 서로 마주쳐야 소리가 나는 법, 일단 그 화제는 제쳐 뒀고 그럴 만큼 태주는 거침없는 질주를 선보였다.

3번 홀 파4 396야드- 2온 2퍼팅 파

4번 홀 파3 224야드- 1온 1퍼팅 버디

5번 홀 파5 522야드- 2온 2퍼팅 버디

3번 홀 3m 퍼팅을 놓친 것이 아쉬웠다.

하지만 애런도 물가에 바짝 붙여 놓은 깃대를 과감히 공략하지 못했다. 그리고 이어진 2개 홀 플레이가 환상적이었다.

224야드 파3 홀에서 생각만큼 잘 붙이지 못했으나 7m 퍼팅을 구겨 넣으며 승기를 움켜잡았다.

5번 홀에서도 2온에 성공했으나 이글을 노릴 상황은 아니었다. 하지만 버디도 감지덕지하는 이유는 경쟁자인 애런이 2온을 노리다 워터 해저드에 공을 희사했기 때문이었다.

결국 4온 2퍼팅 보기를 기록해 타수 차는 더 벌어졌다.

하지만 거기서 끝이 아니었다.

- 이젠 퐁당퐁당 버디로군요!

- 다 좋은데, 오늘 퍼팅이 좀 아쉽습니다.

- 아이고, 욕심도 많으시지, 우리 허 위원님. 2, 4, 5, 7, 9번에서 버디를 낚아 전반에만 -5, 합계 17언더입니다. 애런을 5차로 밀어내고 거의 우승을 확정 지은 거나 다름이 없는데 뭘 더 바라십니까?

- 허허! 그런가요?

이제 코스에 완벽히 적응되었다.

게다가 올 듯 올 듯 망설이던 샷감이 돌아왔다.

2번 홀에서 호쾌한 장타를 때린 후에 찾아온 감각을 통해 조심스러운 스윙이 능사가 아니라는 것도 알게 되었다.

한결 편안한 얼굴로 인코스에 접어들었는데, 마침 리더보드가 보였다.

"크으! 멋지지 않나?"

"네. 아주 멋져요. 우즈 아저씨가 드디어 리더보드에 이름을 올렸잖아요."

"아! 그래? 근데 너 조건이 충족되면 그에게 무슨 소원을 말하려고?"

"비밀이에요."

"진짜 궁금해서 그래. 뭔데?"

"그럼 나중에 직접 보면 되죠. 흐흐."

-17 TJ KIM

-12 애런 홈, 김시우

-11 리키 파울러, 패트릭 캔틀레이

-10 브랜든 그레이스, 콜린 모리카와, 지미 워커

- 9 타이거 우즈 외 5명

멋지다는 자부심을 가질 만했다.

또한 타이거가 폰을 생각보다 훨씬 더 아끼는 것도 사실
이다. 하기야 붙임성 좋고 하는 짓도 예뻐, 누군들 싫어하
겠느냐마는 그래도 녀석이 타이거와 너무 친해지는 것은
싫었다.

타이거를 믿지 못해서는 아니다.

굳이 따지자면 독점욕에 가까웠다.

누구보다 잘해 주고 싶고 한순간 한순간이 애틋한데, 시
간이 갈수록 녀석의 시야는 넓어지는데, 자신만 하염없이
바라본다는 느낌이 들었다.

잘나가고 있는 상황에 어울리지 않는 우울한 표정이 나
왔기 때문일까?

눈치 빠른 폰이 또 한 번 흔들어 댔다.

"오빠!"

"왜?"

"얼굴 좀 펴. 누가 보면 역전당한 줄 알겠어."

"역전당한 거 맞지."

"뭔 역전?"

"그런 게 있다. 드라이브나 줘."

"헐! 우리 오빠 삐쳤네!"

인 코스에 접어들면서 태주는 안전한 공략을 선택했다.

예상한 것과는 달랐기 때문이다.

한차례 못된 짓을 했던 뮐러가 포기하면서 한결 여유가 생긴 점도 도움이 되었다.

게다가 애런은 최선을 다함에도 불구하고 실수가 잦았다.

악수, 그게 영향을 미친 것 같았다.

"파5 홀만 공략해도 충분할 것 같아."

"네. 너무 싱거워요."

"자중지란 때문이지. 확실한 것은 신성한 골프계에 어울리지 않는 놈들이 나타난 건 부정할 수 없을 것 같아."

"신경 쓸 수준은 아니잖아요."

폰도 그렇게 평가하는 것을 보며 마음이 놓였다.

아무런 대비도 없다면 위협일 수 있으나 자신에게는 두 가문의 지지와 지원이 함께했다.

게리 가문과 마틴 패밀리.

그들이 지켜 주는 한, 염려할 것은 없을 것 같았다.

다만 자기 방호는 가능해야 하는데, 마틴과 면담하면 길이 보일 것이라고 판단했다.

- 주말을 맞이할 때만 해도 이런 상황은 상상하기가 어려웠는데, 유난히 주목할 부분이 많은 대회인 것 같습니다.

- 네. 인간의 한계를 깨는 시도가 이제 필드 위에도 나타난다는 느낌을 지울 수 없습니다. 디샘보처럼 벌크업을 완성한 애런 홈의 경우가 바로 그것입니다.

- 정말 일을 내는 줄 알았습니다. 하지만 가능성은 충분히 보여 준 것 같은데, 문제는 그 방법이 순수해야 한다는 거겠죠.

- 제가 알기로 대회가 끝나는 대로 테스트가 이뤄질 겁니다. 그동안 자제해 왔지만 PGA도 이제 투명하게 운영되어야 한다는 의견이 주를 이루고 있습니다.

논란은 여러 가지지만 도핑 테스트는 피해갈 수 없었다.

주최 측이 만반의 준비를 하고 대기하고 있었다.

태주가 공격 모드를 꺼서 그런지, 팬들은 다소 무미건조한 시간을 보내고 있었다. 11번 홀 590야드 파4 홀에서 버디를 낚은 뒤 조용한 몇 홀을 보내자 급기야 요청이 쏟아졌다.

"1온! 1온!"

"저 소리 들리죠?"

"응. 오늘은 몇 야드지?"

"368야드. 도랑만 피한다면 1온이 충분한 거리에요."

"좋아! 해 보자."

280야드에서 300야드 사이에 도랑이 흐르고 있다.

애초 거리상 아무 상관 없는 장애물이었고 그 도랑이 페어웨이 우측을 타고 흘러 그린 옆으로 빠져나갔다.

문제는 페어웨이가 전체적으로 우측으로 기운 탓에 어정쩡하게 떨어지면 도랑에 빠지거나 도랑 앞 갈대숲에 떨어져 샷이 어렵다는 점이었다.

게다가 오늘 핀이 우측에 꽂혀 있어 스트레이트로 공략하는 것은 무리였다. 랜딩 지역 경사로 인해 도랑으로 튈 가능성이 높기 때문이다.

"페이드 샷을 할 수밖에 없는 거죠?"

"응. 그린 좌측 벙커의 왼쪽 끝을 볼 거야."

"그렇게나 많이 봐요?"

"그래야 그린에 떨어진 공도 스핀을 먹을 테니까."

368야드는 절대 긴 거리가 아니다.

2번 홀에서 이미 408야드 티샷을 보여 줬던 태주이기에, 또한 2위와의 타수 차가 넉넉했기에 팬서비스를 외친 것이다.

물론 들어주지 않아도 그만이다.

그 요청이 매우 까다롭고 위험하기 때문이다.

하지만 최악의 경우 도랑에 빠질 것이고 드롭을 해 핀에 붙이면 파도 가능하다는 계산을 한 태주는 보여 주기로 했다.

- 설마, 이 홀에서 1온을 노린 겁니까?

- 여러 선수들이 도전하긴 했지만 잘라 가는 것보다 좋은 결과를 얻은 선수는 없습니다. TJ는 어떨지 궁금하네요.

- 페이드 샷을 한 것 같습니다. 보통 거리 손실이 커서 장타를 노리는 선수들은 페이드 샷을 하지 않죠?

- 그래서 좋은 결과를 내지 못한 겁니다. 이 홀은 우측에 해저드가 있고 경사도 까다로워 페이드 공략이 좋습니다. 다만 캐리 340야드를 확보하기가 어려웠던 건데, TJ라면 넉넉한 거리인 거죠. 자, 드디어 휘기 시작했습니다.

- 아름다운 궤적이로군요!

애당초 좌측을 에이밍 했다.

그렇다고 좌측으로 당겨 친 것은 아니고 아예 스탠스를 거기에 맞췄다. 스트레이트 구질이지만 지켜보는 이들의 눈에는 당겨진 것처럼 보였다.

너무 왼쪽으로 날아가 벙커에 폭 빠질 것 같았다. 하지만 페이드를 먹기 시작하자 팬들의 함성이 하늘을 찔렀다.

타구가 떨어졌다.

하지만 그 지점은 겨우 벙커를 벗어나 그린과의 사이에 놓인 러프였다. 운이 없으면 좌측 벙커로 튈 수도 있는 지점이었기에 지켜보던 이들은 기겁했다.

"고!"

"괜찮아! 노린 지점에 정확히 떨어진 거야?"

"우측으로 튀나요?"

"봐!"

태주의 예측은 정확했다.

러프에 떨어지고도 3m 이상 떠오른 공이 우측으로 휘었다.

러프 때문에 힘이 다 빠진 듯 보였지만 그린에 오른 타구는 슬금슬금 구르기 시작하더니 깃대를 향해 굴렀다.

"인 더 홀!"

"앨버트로스! 앨버트로스!"

정말 들어갈 것처럼 핀을 향해 굴렀다.

하지만 태주는 픽 웃으며 말했다.

너무 강했다고.

좌중의 눈에는 깃대 전에 멈출 것 같았으나 실제 타구는 비실비실 계속 구르더니 홀컵을 스쳐 지나갔다.

그린을 벗어나면 개울 쪽 경사 때문에 위험하기 때문에 시방에서 멈추라는 외침이 작렬했다.

그 바람을 들어준 것일까?

타구는 에이프런에 멈춰 섰다.

- 와아! 저게 깃대를 지나가는군요.

- 페이드를 구사하느라 강한 임팩트를 만들어 냈기 때문인 것 같습니다. 그래도 저만하기 참 다행이죠.

- 6야드 정도 남았나요? 라이가 좋진 않지만 이글도 가능한 상황이죠?

- 네. 1온에 성공한 만큼 이글이 나오면 금상첨화일 겁니다.

- 14번 홀 공략의 교본을 보여 준 것 같습니다. 그린에 올리려면 정상적인 궤적으로는 불가능하고 TJ처럼 페이드로 공략하는 것이 정답인 것 같습니다.

- 캐리 330야드, 그것도 페이드를 구사해 그 거리를 확보할 수 있는 선수가 몇이나 될까요?

거의 없다고 봐야 한다.

그럼에도 불구하고 368야드의 거리만 보고 1온을 노렸던 수많은 선수들이 부끄러울 정답을 보여 준 셈이었다.

흥미로운 점은 애런 홈이 바로 태주를 따라 했다는 것이다.

그가 이번 대회에서 보여 준 장타력, 그의 이름값을 감안하면 엇비슷한 결과를 낼 수 있으리라고 봤다.

하지만 결과는 전혀 딴판이었다.

그 역시 페이드를 구사했으나 그건 페이드 샷이 아니라 악성 슬라이스에 더 가까웠다.

너무 일찍 휘면서 페어웨이 우측에 떨어졌는데, 그 거리가 311야드에 불과했으며 경사를 타고 구른 타구는 퐁당하고 말았다.

- 아무나 흉내 낼 수 있는 샷이 아니군요!

- 애런이 그런 말을 들을 선수는 아닙니다. 하지만 이 상황은 그가 스스로 자처했다고 봐야 합니다. 그냥 차분하게 2온 1퍼팅을 했다면 좋았을 것을, 왜 따라 했는지 모르겠습니다.

- 그런데 유독 많이 지쳐 보이지 않나요?

- TJ는 1999년, 애런 홈은 1984년생입니다. 몸짱을 만

들었지만 기본 체력의 차이는 극복하기 어려웠다고 봐야겠죠.

– 그러니까 벌크업이 정답은 아니라는 거네요. TJ처럼 꼭 필요한 근육을 다지고 몸을 가볍게 유지하는 것이 도리어 징타에 더 유리하다는 말이군요.

– 운동으로 스스로 다진 몸이 가장 좋다는 말이죠!

뼈가 있는 말이었다.

운동으로 다지지 않고 인위적인 도움을 받았다는 의미다.

당사자들은 그게 식단 관리와 그에 맞는 운동의 결과라고 말하지만, 전문가인 브랜든도 납득하지 못했다는 뜻이었다.

디샘보가 벌크업을 마치고 400야드를 마구 때려 내자 유행처럼 따라 하는 이들이 나타났다. 애런도 그 여파라고 생각했는데, 혹여 약물의 도움까지 받았다면 가볍게 넘길 사안이 아니었던 것이다.

태주의 버라이어티 쇼를 인상 구기며 보는 이들도 있었다.

"저런 병신 같은 놈! 웬만해야 내가 도와주지."

"그래. 이쯤에서 놔 버리는 게 나을 것 같아."

"미치겠어요! 3장이나 들였단 말이에요."

"그러니까 진즉에 보스 말을 들었어야지. 너 때문에 K도…."

"그 얘긴 그만하죠. 그리고 저놈 혼 좀 내 주세요."

"마리아. 보스도 이거 보고 계실 거야. 허락도 없이 손댔다가 불똥이 떨어지면 어쩌려고?"

"겁이 나나요?"

"아니라고 잡아떼진 않을게. 너도 조심하는 게 좋을 거야."

닥터 K에게는 존칭을 쓰지 않던 마리아다.

빅 보스의 여자라는 권력이 얼마나 대단한지 알 수 있는 대목인데, 지금 곁에 서 있는 중년의 남자에게는 매우 조심스러운 태도를 유지하고 있었다.

쉰을 넘어 보였으나 나이에 어울리지 않는 훤칠한 외모와 피부, 푹 들어간 눈두덩에서 발하는 눈빛도 상당히 매서웠다.

스나이퍼 B, 빅 보스의 지시가 아니면 움직이지 않는 특급 요원이었다. 그런 자가 또다시 태주를 인정하자 마리아는 입술을 깨물었다.

"그냥 죽여 버리면 안 되나요?"

"죽일 수만 있다면 보스도 기뻐하시겠지. 하지만 섣불리 건드린 결과가 어땠는지 생각해 봐."

"저 여자애가 약점이었는데, 멍청한 놈들이 그런 거 하나 제대로 처리하지 못해서 이런 거잖아요."

"마리아. 다크 드래프트를 무시하면 안 돼! 그들이 지하세력을 규합할 당시, 어떤 짓을 벌였는지 들었을 거 아냐?"

"독심이 무너진 자들을 두려워할 필요가 있을까요?"

"스스로 포기한 그 독심을 다시 품을까 그게 걱정이지. 정면으로 부딪칠 경우, 우리도 큰 희생을 감수해야만 해. 남 좋은 일 시켜 줄 이유가 없는 거지."

B의 분석에 마리아는 입을 다물었다.

게리 가문은 안중에 없다는 점도 특이했다. 하지만 마틴의 조직에 대해서는 굉장히 신중하다는 것을 엿볼 수 있었다.

염력을 동원하는 힘에서 앞서 있는 것은 확실했다. 하지만 그 어떤 염력도 총칼 앞에서는 아무 의미가 없다.

게다가 목숨도 아끼지 않는 무모함으로 무장한 다크 드래프트는 기존 조직들을 질리게 만들어 두 손 두 발을 다 들게 만든 전력이 있었다.

결국 누가 더 독하냐의 싸움이 될 텐데, 그 관점에서 보자면 결코 무시할 수 없는 게 마틴의 힘이었다.

'저 새끼. 내가 꼭 목줄을 딸 거야!'

- 결국 11연승을 거두는군요!
- 최종 라운드에서 9언더를 찍었습니다. 첫날 뮐러와 애런이 거뒀던 그 압도적인 스코어를 작성하면서 누가 진정한 황제인지 만방에 알려 준 대회라고 할 수 있습니다.
- 대체 TJ의 연승은 언제쯤 끝이 날까요?
- 글쎄요. 지금까지 보여 준 기록도 사실은 믿기 어렵긴 마찬가지죠. 그래서 말인데, 2주 후에 펼쳐질 US 오픈이 관건일 것 같습니다.
- 연승에 대한 부담이 가장 큰 장애가 되겠군요.

마지막 퍼팅을 마무리한 태주는 그저 환하게 웃을 뿐, 별다른 세리머니를 하지 않았다. 수고한 캐디와 포옹한 뒤, 박수 치는 팬들에게 고개 숙여 인사했을 뿐.
당연한 결과인 양 당당하고 담담한 그 행동을 통해 누가 이 필드의 진정한 지존인지를 확인시켜 주는 것 같았다.
"축하합니다."
"…감사합니다."
애런이 축하를 건넸다.
마음에 들진 않았으나 감사를 표했다.

하지만 악수는 외면하는 그를 보며 한마디 보태지 않을 수 없었다.

"에이전시를 바꾸시죠."

"뭐라고요?"

"골드핸드는 너무 위험합니다."

"그건 당신이 관여할 바가 아닙니다."

"그렇죠. 하지만 당신이 쌓아 올린 명성마저 무너뜨리고 싶지 않다면 깊이 고심해 보시길 충고드립니다."

"이 사람이!"

그는 미처 대답을 다 하지 못했다.

태주가 그의 손을 덥석 잡았기 때문이다. 기겁하며 물러서던 애런은 이내 안도의 한숨을 내쉬었다.

그의 몸에 주입된 마나가 한 홀도 남아 있지 않았기 때문인지 아까와 같은 통증은 느껴지지 않았던 것이다.

애런은 태주가 일부러 그랬다는 것을 알아챘다. 주입된 힘이라는 것이 얼마나 위험한지 몸소 보여 주려는 것 같다는 느낌도 받았다.

"도핑 테스트를 한다던데, 문제는 없죠?"

"도핑 테스트?"

"네. 스코어 카드를 제출한 뒤에 바로 테스트를 진행한다고 들었습니다. 아무 일이 없기를 바랍니다."

태주가 먼저 걸어갔다.

그 뒤를 따라오는 애런의 표정은 심각했다.

확인되진 않지만 불안하지 않을 수 없었던 것이다.

PGA 사무국 측에서도 논란을 잠재우기 위한 노력의 일환이었다. 자꾸 논란이 커지면 불타오르고 있는 흥행에 빨간불이 들어올 수도 있어 피치 못할 조치였다.

태주도 테스트를 받았고 이어진 우승 인터뷰에 응하게 되었다. 요식적인 축하와 인사말이 끝났고 민감한 사안에 대한 질문도 쏟아졌다.

- PGA 투어 최초로 도핑 테스트가 시행되었는데, 그에 대한 TJ KIM의 개인적인 의견이 궁금합니다.

"불필요한 조치라고 생각합니다."

- 불필요한 조치라니요? 혹시 켕기는 것이라도 있나요?

"골프는 심판이 없는 유일한 스포츠이기 때문입니다. 심판이 없어도 자율적인 양심을 믿고 경쟁하는 운동인데, 누가 감히 부정한 방법을 쓰겠습니까?"

- 아하! 무슨 말씀이신지는 알겠는데, 프로 스포츠 전반에 만연한 약물 파동을 외면하는 것 또한 비현실적인 생각이 아닐까요?

"그 결과는 오늘이 가기 전에 나오겠죠. 시시비비를 가려 앞으로는 그 같은 불행한 일이 반복되지 않기를 바랍니다."

태주의 의견은 간명했다.

일단은 굳은 신뢰를 보였다.

자신은 물론 자신과 같은 길을 가고 있는 투어프로들에게.

바람직한 자세였지만 언론 앞에서 그렇게 당당하긴 쉽지 않은 일이다. 그로 인해 수많은 골프 팬들에게 또 한 번 환호와 격렬한 지지를 받았다.

하지만 태주가 언급한 대로 오늘이 가기 전에 발표될 도핑 테스트 결과에 시선이 몰리고 있었다.

[11연승 금자탑! TJ와 견줄 수 있는 상대는 없었다]

[설왕설래했으나 결국 우승 트로피는 지존의 손아귀에!]

[여유와 품위가 넘쳤던 TJ KIM의 메모리얼 토너먼트. 호스트인 잭 니클라우스의 발언에 주목하라!]

8화. 숙제

골드의 신이 강림했다

태주의 우승에 대한 다양한 뉴스들이 쏟아졌다.

　하지만 대다수 언론의 헤드라인을 장식한 기사는 메모리얼 토너먼트의 호스트인 잭 니클라우스의 관전평이었다.

　6번이나 그린 재킷을 입은 마스터즈의 영웅이다. 불과 26세에 4대 메이저 대회를 제패해 커리어 그랜드슬램을 달성했다.

　US 오픈 4승, 디 오픈 3승, PGA 챔피언십 5승까지, 메이저 대회만 18승을 거둬 15승에 멈춰 선 타이거 우즈도 넘보지 못할 불멸의 기록을 가진 살아있는 골프계의 전설이다.

그런 그가 말했다.

"그는 정말 아름다운 청년이야!"

"시종일관 자신의 플레이에만 집중하더군!"

"만약 내 기록을 넘어설 후배가 나온다면 그가 될 것 같아. 그 외에 누가 가능하겠어!"

찬사도 이런 찬사가 또 없었다.

진한 감정이 섞인 표현이 등장했고 경쟁이 극심한 현대 골프계에서 그의 메이저 18승은 불멸의 기록으로 평가받는다.

그도 거기에 대해서는 일언반구 하지 않았었다. 수많은 스타가 명멸하지만, 과거보다 더 격렬해진 경쟁을 감안하면, 타이거 우즈의 경우를 감안해도 메이저 18승은 그림의 떡이다.

그런데 그걸 깰 수 있는 아름다운 청년이라니!

"찾아뵙고 인사라도 드려야 하는 거 아닌지 모르겠네요."

"다음에 자리를 한번 만들어 볼게요."

"좋습니다. 근데 바로 이동하는 겁니까?"

"네. 숙소에 있던 짐은 벌써 비행기로 옮겨 놨습니다."

"전용기 말입니까?"

"네. 말이 나와서 하는 말인데, 전용 제트기를 하나 구해야 할 것 같아요."

"제 전용 비행기요?"

"네. 이젠 그래도 될 만해요. 돈 싸 들고 덤비는 회사는 넘쳐나니까."

마음은 동했으나 쉽게 답을 하긴 어려웠다.

지금도 마틴의 전용기를 사용하는 것일 뿐, 대체 얼마나 돈이 많아야 비행기를 자가용처럼 활용할 수 있는지 감이 오질 않았기 때문이다.

하지만 헬렌은 알아보겠다고 했다.

공항으로 이동하는 사이, 대충 들었는데 위상에 어울릴 기종의 경우 대략 7천만 달러가량 한다고 했다.

"돈 벌어 이동 도구 하나에 다 처박을 일 있습니까?"

"호호! 그렇지 않아요. 내 돈 다 주고 살 일도 없지만 TJ KIM이 전용기를 구매한다고 하면 금융 프로그램까지 준비해서 달려올걸요!"

"최근 거부들이 너도나도 자가용 비행기를 원해 커미션을 줘야 한다는 소릴 들은 적이 있는데, 아닌가요?"

"본인의 높아진 위상을 본인만 모르는 거 아닌가요? 감히 장담컨대, 현존하는 그 어떤 스포츠 스타도 당신보다 유명하진 못해요. 적어도 연승이 끝날 때까지는."

"그 말은 연승이 끝나기 전에 구입해야 한다는 말로 들리는데, 아직은 무리수인 것 같습니다."

"허! 일단 알아보고 얘기해 줄게요."

태주 집도 부자다.

물려받은 것도 많지만 상도가 그 부를 더 불려 놓아 원한다면 사가용 비행기를 구입하지 못할 이유는 없었다.

다만 사업 바운더리가 국내에 한정되다 보니 필요성이 적었을 뿐, 하지만 태주의 경우는 드넓은 미국을 주 단위로 이동해야 하며 때로 외국도 드나드는 일정이 많아 자가용 비행기가 있다면 그만한 가치가 있을 것이라고 분석했다.

계약금 1000만 달러, 연봉 1000만 달러, 상금과 보너스를 합하면 세금을 제외하고도 1000만 달러가량을 더 벌었다.

그래도 최신 제트기를 구입하는 것은 과한 지출로 여겨졌다. 다만 헬렌의 생각은 달랐는데, 두고 볼 문제였다.

"마틴. 피곤해 보이십니다."

"나이는 못 속이나 봐. 식후 행사를 다 즐기기엔 너무 피곤하더군."

"우승 축하는 안 해 주십니까?"

"늘 해 오던 거잖아. 메이저 대회도 아니고."

"그래도 너무 하십니다."

"거 참! 축하하네, 축하해."

"고맙습니다. 제 우승은 모두 문 회장님 덕분입니다."

"이 친구가 갑자기 왜 이러나…. 허허허!"

그 인사를 하기 위해 절차를 밟고 싶었던 것이다.

태주는 지난 2개 대회에서 그의 도움이 없었다면 어떻게 되었을지를 생각해 봤다.

우승은 고사하고 끔찍한 아픔을 겪었을 가능성이 높다.

특히 폰의 납치를 저지한 것은 그 무엇과도 바꿀 수 없는 소중한 가치를 지닌다.

그래서 본론에 들어가기 전 고마운 마음부터 전했다.

그리고 이어진 본론은 태주로 하여금 많은 생각할 거리를 남겼다.

"좋습니다. 제가 실제로 그런 초월적인 능력을 지녔다고 쳐요. 그걸 각성할 필요가 있다고 말씀하셨는데, 저로서는 이후의 부작용을 고려하지 않을 수 없습니다."

"부작용? 예를 들면 어떤 거?"

"저는 지금 제 삶에 만족하고 있습니다. 그걸 계속 지켜 나갈 수 있냐는 겁니다."

"으음…."

마틴이 쉽게 입을 열지 못했다.

필요성은 충분히 인정했다.

마틴의 조직이 뒤를 받쳐주고 게리 가문도 지원할 것이다. 하지만 아무리 이중삼중으로 보호해도 빈틈이 없을 수 없다.

그게 치명적인 위협이 될 수 있는데, 비근한 사례가 폰의 납치처럼 가족이 다치는 것은 받아들일 수 없었다.

그걸 막기 위해서는 본인 스스로 힘을 각성하는 수밖에 없다. 하지만 한 번 죽음을 겪어 본 태주는 신중할 수밖에 없다.

각성한 자신을 상상해 봤다.

골프에 비겁한 힘을 유용할 생각은 애당초 없고 다만 염려되는 것은 어렵게 일군 행복을 지킬 수 있느냐는 점이었다.

마틴이 대답하지 못하는 이유는 그가 살아온 인생이 투영되었기 때문이었을 것이다.

'부를 이뤘고 후대도 세웠지만, 뇌리에 새겨진 피비린내가 지워지지 않아 온전한 가정을 꾸리지도 못했잖은가!'

그건 본인 스스로 고백한 내용이었다.

물론 그 시작과 위치가 다르지만 그도 장담하지 못하고 본인도 상상하지 못할 변화에 두려움을 가지는 것은 당연했다.

어쩌면 각성이 소박한 행복을 앗아갈지도 모른다는 불안

감이 사라지질 않았다.

그러나 피한다고 피해질 상황도 아니다.

언제까지 남의 손을 빌려 위험을 회피할 수도 없다. 마틴의 괴로워하는 심정을 마주하자 미안한 마음도 없지 않았다.

그라고 뭐가 아쉬워 다시 손에 피를 묻히고 싶겠는가!

"죄송합니다. 이게 다 저 때문에 일어난 건데."

"아닐세. 자네가 시발점이 되긴 했지만 언젠간 놈들은 우리를 치고도 남았을 세력이야. 오히려 지금이라도 반격을 준비하는 것이 다행이라고 봐야지."

"다 좋은데, 그 싸움이 필드 위에서는 이어지지 않았으면 좋겠습니다."

"김 프로. 그건 강자만이 관철시킬 수 있는 주장이야. 신사협정, 그런 감상에 젖는 순간 이미 진 걸세."

"하기야 17살 여자애를 납치하려던 놈들이 뭔들 못하겠습니까!"

한 가지는 확실해졌다.

강자만이 모든 것을 원하는 대로 이룰 수 있다는 것.

고로 일단 마틴이 말하는 힘의 각성부터 확인해 봐야 한다.

사실인지, 그리고 어떤 결과가 나올지 만감이 교차했다.

문제는 방법이었다.

"내 경험에 비춰 보건대, 자넨 내가 함부로 손댈 수 있는 존재가 아닐세."

"왜죠?"

"나보다 훨씬 강한 힘이 느껴지기 때문이지. 신기(神氣)를 가진 이들의 신내림은 내 능력으로도 어느 정도 컨트롤이 되어 왔지. 하지만 나보다 훨씬 신묘한 힘은 내가 감히 감당할 자신이 없다네."

"그럼 어떻게 하란 말입니까?"

"각성하겠다는 굳건한 의지를 세우면 자네 스스로 길을 찾고 그걸 열 수도 있을 걸세."

결심만 하면 끝날 줄 알았다.

하지만 다시 원점에 선 기분이었다.

스스로 깨우쳐야 한다니?

죽음을 받아들인 이후, 빙의할 때부터 이런 삶을 각오했어야 할지도 모른다.

아쉽고 억울했으나 그런 인생이 어디 나 하나뿐이었을까?

그런데 난 하늘의 가호를 받은 것처럼 축복을 받았다. 주변에서 일어난 일련의 사건은 자신의 환생과 떨어질 수 없는 강한 운명의 고리로 연결되어 있을 가능성이 높다.

어쩌면 이 세상에 더는 존재하지 말아야 할 사악한 존재와 기운을 모두 소멸시킬 의무를 타고 태어났을지도….

'왜 이런 생각이 드는 거지?'

'의무? 대체 왜?'

진실에 한층 더 가까워졌기 때문일까?

답답한 가운데 문득문득 떠오른 생각은 이전의 자신이 한 번도 생각해 본 적이 없는 것들이었다.

그래서 더 놀랍고 당황스러웠으며 믿기지도 않았다.

이게 다 마틴과의 대화를 통해 그 영향을 받은 것일지도 모른다는 생각이 들면서도 점점 더 뚜렷해지는 생각의 조각들이 모여 관념화되고 있었다.

눈을 감고 놀란 가슴을 진정시킬 수밖에 없었는데, 그 광경을 지긋이 바라보던 마틴의 눈가에 비로소 만족의 빛이 반짝였다.

'그래! 천리(天理)에 맡기는 것이 옳지!'

'성스러운 별이 떴다는 것은 그 존재를 부르는 악귀가 이 땅에 세력을 뻗치고 있다는 의미인데….'

'아직 그 존재조차 파악 못 하고 있으니…. 참으로 답답하군!'

전용 제트기를 운영하고 싶었다.

오하이오에서 키스랜드 집까지 1200마일을 차로 달리면

18시간이 걸린다. 비행기는 훨씬 빠르지만 운행 시간을 맞춰야 하는 번거로움이 적지 않다.

하지만 마틴의 전용기를 탔더니 2시간 만에 도착했다.

예약했던 비행기를 이용하려면 더블린에서 하루 더 자고 아침 일찍 일어나 이동했어야 하는데, 우승 인터뷰와 식후 행사에 참여하고도 자정이 되기 전에 안식처에 다다른 것이다.

참 편하고 좋다는 말을 했을 뿐이다.

"아빠가 650을 양보하셨어요."

"650? 지금 타고 온 문 회장님 전용기를 말하는 겁니까?"

"네. 정확히는 걸프스트림 650ER이라는 기종이에요. 일론 머스크의 전용기로 유명하죠. 하지만 이젠 TJ의 전용기로 더 유명해지겠네요."

"전 아직 결정한 게 없는데?"

"그럼 계속 공짜로 빌려 타면 되죠. 아빠가 설마 자신이 가장 아끼고 좋아하는 친구한테 돈을 달라고 하겠어요?"

"헬렌!"

알고 보니 마틴은 전용기가 여러 대였다.

그 용도가 다양한데, 조직의 기동성을 확보하기 위해 비행기는 필수라는 말에 그 통이 얼마나 큰지 실감할 수 있었다.

그리고 든 생각이 틀리지 않았다.

큰물에서 놀자면 생각도 더 키워야 한다는 것.

그래서 받아들이기로 했다.

일단 편할 것이며 그 편리함으로 얻은 여유로 더 큰 생산성을 만들어 내면 되는 것이다.

그게 얼마든지 가능하다는 헬렌의 장담도 한몫했다.

"임 팀장님. 저 기종의 제원에 대해 파악해 알려 주십시오."

"네. 축하드립니다. 보스."

"마냥 축하할 일은 아닐걸요? 전 비행기 조종사까지 고용할 생각은 없습니다. 2명의 조종사가 필요하다던데, 저랑 팀장님이 자격증을 따야 합니다."

"저도 배워야 합니까?"

"그게 아니면 적당한 후배를 한 명 물어 오시든지요. 여하튼 전 배울 겁니다. 시즌 마치는 대로."

"그럼 저도 배우겠습니다. 그리고 후배도 한 명 키워야죠. 스페어는 언제든 필요할 테니까요."

"그거 좋습니다. 하하하!"

마틴과의 대화는 유익했으나 머리가 찌근거렸다.

전에 없던 부담감이 느껴졌기 때문이다.

하지만 새로운 관심사에 머리가 개운해졌다. 마치 갖고 싶었던 새 장난감을 얻은 어린아이처럼 설렜기 때문이다.

마틴, 헬렌과 공항에서 헤어져 집으로 향했다.

그런데 폰이 스마트폰을 만지작거리며 연신 낄낄거렸다.

"뭐가 그렇게 재미있어?"

"타이거 아저씨가 제 소원을 듣고 나타내는 반응이 너무 웃겨서요."

"얘기했어? 그럼 이제 나도 들을 수 있는 건가?"

"네. 다른 건 아니고 우리 팀에 합류하라고 했거든요."

"뭐?"

"난 태국으로 돌아가지 않을 거고 오빠한테 부담 주지 않으려면 전담 코치가 필요하잖아요. 그래서 제 코치가 되어 달라고 부탁했어요."

"그 무슨 말도 안 되는 소리야! 너 타이거가 누군지 몰라?"

모를 리는 없다.

프로를 꿈꾸는 지망생이며 누구보다 똑똑한 녀석이니까.

하지만 아직도 현역 투어 생활을 포기하지 않은 그에게 전담 코치를 해 달라고 부탁하는 것은 무리한 요구였다.

현역 프로라고 다른 선수의 코치를 못 하는 것은 아니지만 듣기에 따라 은퇴하라는 종용으로 비칠 수도 있기 때문이다.

다른 사람도 아니고 현역 최다승 투어프로다.

하도 기가 막혀 타이거가 그냥 웃어넘길 것이라고 생각했다. 그런데 폰이 보여 준 그의 반응은 기대와 달랐다.

"이거 봐요. 도리어 저한테 요구사항을 보내 왔어요."

"그럴 리가!"

주고받은 문자 메시지를 보여 줬다.

첫 마디부터 놀라웠다. 타이거 우즈가 폰의 부탁을 진지하게 고려한다는 것을 느낄 수 있는 대목이었다.

TJ가 허락해야 가능하다고 말했던 것이다.

그건 걱정하지 말라고 폰이 다그쳤더니 그 전제가 이뤄지지 않으면 손가락 하나 까딱하지 않을 것이라고도 말했다.

그래도 폰이 자신만만해하자 그 전제하에 폰에게 요구한 것들이 있었는데, 그건 선생이 아끼는 자기 학생에게 요구함직한 성실함과 의지에 대한 바람들이었다.

그 문자들만 보면 이미 사제가 된 듯 보였다.

"안 돼!"

"오빠!"

"내일 태국으로 건너갈 거야."

"……."

"임 팀장님. 내일 전용기 띄울 수 있는지 확인하고 그에 따른 조치 부탁드립니다."

"내일이 맞습니까?"

"네. 잠은 기내에서 자도 충분하니까 최대한 빠른 출발 시간을 잡아 주십시오."

"네. 보스!"

잔뜩 뿔이 난 태도를 보였으나 태주는 가차 없었다.

타이거 우즈와 같은 좋은 스승을 모시는 것은 폰에게 과분할 정도로 좋은 일이다.

하지만 지금은 때가 아니라고 판단했다. 적어도 자신이 지인들을 지킬 힘을 갖출 때까지는 가까이 둘 수 없었다.

특히 유라와 폰은 털끝 하나 상하게 할 수 없다.

그래서 단호하게 돌아서 일어났고 그런 태주를 폰은 눈물이 그렁그렁한 눈으로 쳐다봤다.

"형님. 저 김태주입니다."

"아! 네이플스 집에 도착했다는 말은 들었습니다."

"형님도 잘 들어가셨습니까? 경기 끝나고 인사도 제대로 못 하고 헤어져 전화 드렸습니다."

"하하! 폰의 성화 때문은 아니고요?"

"그것도 같이 논의 드려야 할 것 같고 겸사겸사 속 터놓고 말씀드릴 게 있습니다."

태주는 자신의 상황에 대해 비교적 솔직히 말했다.

그중에는 부상과 자연스럽지 않았던 몇몇 장면에 대한 이야기도 있었는데, 타이거는 그 얘기에 적극 공감했다.

때문에 폰 납치미수 사건에 대해서도 입을 열 수 있었다.

"그래서 모든 것이 안정될 때까지 태국에서 훈련하며 다양한 공부도 할 수 있도록 할 생각입니다."

"아! 그것도 모르고 내가 너무 앞서갔군요."

"아닙니다. 번거롭고 귀찮은 일일 텐데 폰의 투정을 받아 주셔서 정말 고맙습니다."

"투정이라고 생각하진 않습니다. 나도 폰처럼 재능 있는 아이를 가르쳐 보고 싶어서 기쁜 마음으로 받아준 겁니다. 하지만 상황이 상황이니만큼 TJ의 뜻을 따르겠습니다."

타이거는 역시 기대 이상이었다.

가볍게 결정한 것이 아니었다. 진지하게 받아들이고 책임감 있게 가르칠 것이라는 점을 믿어 의심할 수 없었다.

또한 실망할 폰을 위해 자신이 태국 카오야이 캠프를 찾아가 레슨을 하겠다는 말까지 꺼냈다.

이건 정말 초대박 사건이었다.

골프를 시작한 지 반년, 눈부신 성장을 거듭하고 있지만 아직 내로라하는 성적도 없는 17살 아마추어 선수다.

그런데 태국까지 몸소 방문할 생각까지 하다니!

'단단히 삐쳤군! 저런 성격이 아닌데, 내가 너무 강하게 밀어붙이나?'

'하지만 지금으로서는 어쩔 수 없어!'

'꼰대 소릴 듣더라도…. 흐의!'

골프스트림 650은 좌석을 18석까지 놓을 수 있는 기종이다. 하지만 안락한 침실을 만들고 좌석은 8개만 배치했다.

고로 퍼스트 클래스 저리 가라 할 고급스러운 환경을 제공했다. 하지만 조종사들을 제외한 탑승객은 단 4명.

태주와 폰, 임 팀장, 거기에 '안나'라는 30대 여성이 합류했는데, 헬렌이 이번에 추가 배정한 경호팀의 일원이었다.

그녀가 없었다면 매우 삭막했을 것 같았다.

왜냐면 새벽에 일어나 지금까지 하루 종일 폰이 입도 벙긋하지 않고 있었기 때문이다.

"미스터 임. 나이가 몇이야?"

"임무를 수행하는 데 나이가 왜 필요합니까?"

"그대가 딱 내 스타일이라서 그러지. 호호호!"

"그런데 왜 자꾸 말이 짧아지는 거죠? 보아하니 나랑 나이가 엇비슷해 보이는구먼."

"그러니까! 어차피 우린 고객 경호를 위해 호흡을 잘 맞춰야 하잖아. 어쩌면 환상적으로 잘 맞을 것 같은 그 호흡, 미리미리 뜨겁게 맞춰 보면 좋지 않을까 싶어서."

"쓰!"

임성준은 절대 만만한 사람이 아니다.

경호원으로서의 전문성은 물론 IT 기술에도 능하고 성격도 꼼꼼하고 추진력까지 갖춘 최고의 비서로 부족함이 없다.

184cm, 75kg. 운동으로 다져진 몸매도 훌륭하며 성품만큼 외모 관리도 깔끔해 왜 아직 싱글인지 이해가 안 될 남자다.

하지만 이번에는 임자를 제대로 만난 것 같았다.

남미 백인 혼혈로 보이는 팔등신 건강 미인이 나타났을 때만 해도 임 팀장의 눈이 휘둥그레졌었다.

그런데 인사 대신 나눈 포옹 한 번에 얌전해졌다.

"우리 임 팀장님이 임자 만나신 거 같은데요?"

"어림도 없습니다."

"왜 난 그런 거 같지가 않죠? 잘 지내 보세요."

"그럴 일은 없을 겁니다."

이후에도 둘은 티격태격했다.

비행기 안처럼 그들이 한가한 공간은 없었다.

앞으로 둘이 힘을 합쳐 경호하려면 친해져야 하는데, 그 방법이 아주 오묘하게 맞춰지고 있다는 느낌을 받았다.

태주로서는 나쁘지 않았다.

아무리 직업이라지만 태주는 정상적인 가정생활을 영위하고 있다. 그에 비해 측근들은 외로움과의 싸움도 겸해야 하는데, 좋은 기회라고 봤다.

기껏 남녀 성비를 고려해 배정한 여성 요원이 까칠하게 군다면 그 또한 불편할 텐데, 성격이 좋고 예뻐서 다행이었다.

"폰. 너 그러다 입 튀어나오겠어!"

"⋯⋯!"

"아이고 무서워라! 나 들어가 잔다. 왜 이렇게 피곤하지?"

폰과 추후 일정에 대해 의논하고 싶었다.

하지만 그럴 마음이 없어 보여 포기할 수밖에 없었다.

대회를 치르느라 피곤했고 새벽 일찍 일정이 잡히는 바람에 수면이 충분치 못했기 때문이었다.

침대에 머리를 기대자마자 잠이 솔솔 쏟아졌다. 풀어야 할 숙제가 있는데, 거기에 집중이 잘되질 않았다.

마틴이 말한 자각이 그것이다.

하지만 무의식 깊이 자극이 되고 있었는지, 태주는 오랜

만에 태식으로 돌아가 그 몸과 뇌로 꿈을 꾸기에 이르렀
다.

'여긴?'

'왜 갑자기 이 오랜 기억들이 이렇게 선명한 영상으로
재현되는 거지?'

'으…. 내가 저 때 알아봤어야 하는데!'

탐분(공양, 공덕)이라는 것을 하러 갔었다.

폰의 모친인 아리야와 함께 산 지 몇 달 되지 않았을 무
렵이다. 그녀뿐만 아니라 대다수 태국인들이 탐분을 한다.

윤회를 믿기 때문이며 착하게 살아야 한다고 생각한다.
나중에 믿기 힘든 뒤통수를 맞았지만, 그 당시에는 아리야
의 그런 행동들이 좋아 보였다.

집에서 상당히 먼 수코타이 산속에 위치한 그 절에 갔을
때, 스님이 해 줬던 말을 다시 접하고 온몸에 소름이 돋았
다.

그땐 태국 말이 짧아 전혀 알아듣질 못했다. 그런데 지
금은 그게 어느 정도 이해가 되었기 때문이다.

'남편이 둘이로군!'

'이 남자는 제 남편이 아니에요.'

'어허! 큰일 날 소리. 외국 남자지만 저 남자가 네 험한
인생을 바꿔 줄 귀인이야. 그러니 아무리 사정이 딱하게

되어도 절대 원한 살 행동은 하지 마.'

'당장 힘들어서 잠깐 도움을 받는 것뿐이에요.'

애당초 그런 마음이었는데, 그걸 꿈에도 몰랐다.

내 깐에는 참하고 조용한 아내를 얻었다고 갖은 정성을 다 쏟았었는데 말이다. 열 길 물속은 알아도 한 길 사람 속은 알 수 없다는 말이 떠올랐다.

귀인은 못 되어도 먹고사는 걱정 없게 해 주려고 무던히도 애를 썼던 나날들이 떠오른 건 우연이 아니었다.

그런데 노승은 긴 한숨을 내쉬더니 더 강한 말을 던졌다.

'어리석은 것! 네가 악행을 범하면 너도, 저 남자도 불행해져…. 그게 신의 섭리일지 모르지만 네가 제 발로 복을 걷어차는 일이라는 건 내 장담할 수 있어!'

'잘할게요!'

'그럼 그래야지. 그래야 모두 행복할 수 있지.'

'근데 스님. 이 남자가 언제까지 제 곁에 있을까요?'

'허허허! 네가 배신만 하지 않는다면 먼저 떠나진 않을 게다. 또한 너희들 사이에 태어날 아이는 아비의 못다 한 꿈을 이뤄줄 복덩이가 될 게야.'

'전 아이 가질 생각 없어요.'

'그게 어디 사람 뜻대로 되는 것이더냐!'

그 당시에는 한마디도 제대로 알아듣지 못했다.

지금도 모든 것을 정확히 해석했다고 볼 수는 없지만, 몰랐던 사실을 확인하게 되면서 마음이 착잡해졌다.

잘한다고 했으나 아리야는 결국 악행을 저질렀다.

이유가 어떻든 그로 인해 그녀도 불행한 삶을 살게 되었고 전화위복이라고 여기며 악착같이 살던 태식도 결국 제2의 꿈도 이루기 전에 죽지 않았던가!

꿈이라는 생각을 하는 와중에도 왜 다 지난 기억이 떠올라 사람의 마음을 뒤흔드는 것인지 이해가 되질 않았다.

그러다 누군가 몸을 흔들어 생생했던 그 영상이 깨지고 말았다.

"오빠! 오빠!"

"으음…. 잠 좀 자게 놔두지?"

"엄마 꿈 꿨어?"

"무슨 엄마?"

"아리야라고 불렀잖아. 대체 내 엄마가 왜 오빠 꿈에 나오는 거냐고?"

"쓸데없는 소리! 잘못 들은 거야."

다 밝히고 싶은 마음이 굴뚝같았다.

어쩌면 이해해 줄지도 모른다는 생각을 하면서.

하지만 그건 아직 넘을 수 없는 경계였다.

폰이 보통 아이들과 다르긴 해도 그런 일들을 이해하고 받아들이기에는 너무 어렸다.

다만 어렵게 입을 연 녀석과 이제 대화할 게재는 된 셈이었기에 은근슬쩍 일어나 앉았다.

청개구리 같은 폰이 날름 등을 보이며 눕는 바람에 어이가 없었지만, 태주는 하고 싶은 말을 차분하게 풀어냈다.

"폰. 더도 말고 연말까지만⋯."

"싫다는데도 있으라고 했었잖아!"

"그땐 위험하지 않았으니까."

"헬렌이 경호 인력도 강화했잖아. 오빠도 똑같은 위험 속에 있는데, 왜 나만 피해야 하는 건데?"

"네가 꼭 알아야 할 것은 나도 널 가까이 두고 싶다는 거야. 하지만 네가 위험할 수도 있다는 생각을 하면 난 아무것도 할 수가 없거든!"

"⋯⋯."

태주가 어떤 여정에 있는지 폰도 모르지 않았다.

홍 프로가 적임이라고 생각하지만, 자신도 잘할 자신이 있었다. 홍 프로의 자리를 뺏고 싶은 생각은 없었고 본인도 프로가 되는 과정을 걸어야 하기에 독하게 훈련할 각오도 했다.

한국에 가자는 상도의 제안도, 미국으로 근거를 옮기라
는 태주의 제안도 받아들이지 못했던 이유는 두 가지였다.

다 큰 것처럼 떵떵거리지만 아직 준비가 부족해 두려웠
기 때문이며 과도한 짐을 안기는 것 같아 조심스러웠었다.

어차피 이젠 얼굴 보지 말자던 엄마에 대한 미련도 없진
않았다. 하지만 막상 지내다 보니 태주 곁이 가장 편했다.

다만 갈 길 바쁜 사람 성가시게 하는 게 문제였는데, 적
당한 선생님도 찾지 않았던가!

외계인 소릴 들을 만큼 골프를 잘 친다고 알려진 타이
거.

"내가 준비가 되면 언제든 다시 데려갈게."

"어떤 준비를 해야 하는 건데?"

"누가 그러더라고. 내 능력을 각성하면 된다고."

"막막하네! 이제 기도도 해야 되는 거야?"

정답을 말해 줄 수 없었다.

아직 본인도 알지 못했기에.

여하튼 한풀 꺾인 것 같아 다행이었다.

하기야 태주는 누가 뭐래도 폰의 보호자다.

폰 스스로도 인정하지 않을 리 없는.

그래도 행여 튕겨 나갈까 우려했는데, 그렇지 않았다.

다만 휙 돌아누워 자는 척을 하는 건 아쉬웠지만.

태주도 침대 머리에 기댔다.

남은 숙제를 풀어야 하기 때문이었다.

* * *

방콕에 도착해 대기하던 차를 타고 아카데미로 향했다.

시즌 중이라 이렇게 갑자기 찾아올 줄은 몰랐던 직원들은 뜨거운 환영 분위기를 연출했다.

누가 상상이나 했나?

1월에 콘 페리 투어에 출전하려고 떠날 때만 해도 2부 투어에서 성공해 PGA 투어카드를 받으라고 응원하지 않았던가!

하지만 PGA 챔피언십 우승을 포함해 PGA 투어 5승을 거둔 쟁쟁한 최정상급 투어프로가 되어 돌아왔다.

이름을 부르는 게 습관이 들었던 코치들도 선뜻 그렇게 부르질 못할 정도도 괄목상대할 거인이 되었다.

"고생 많았어. 김 프로!"

"고생은 여기 계신 선생님들이 더 많이 하고 계시죠. 돈도 왕창 벌었는데, 온 김에 한턱 단단히 쏘겠습니다."

"와아아아!"

무엇을 기대했든 그 이상을 줄 생각이었다.

회식은 당연한 거였고 모든 코치진, 직원들에게 금일봉을 지급하기로 했다. 태주의 성공이 자신들의 행복과도 밀접한 관련이 있음을 온몸으로 느끼게 해 주고 싶어서였다.

뜨거운 시간은 하루면 족했다.

일단 폰이 다시 제자리를 잡게 만드는 것이 중요해 그것에 신경을 썼고 나머진 관여하지 않았다.

알아서 잘하고 있기에 간섭이 독이 될 수도 있음이다.

"보스. 조종사들이 귀국 일정을 묻습니다."

"주중에는 돌아갈 생각 없으니까 편히 쉬라고 하세요."

"여기에 그렇게 오래 머무르셔도 되겠습니까?"

"네. 모처럼 산에도 좀 가 보려고요. 여긴 위험하지 않으니까 팀장님도, 안나도 편하게 휴식을 취하세요."

"정말인가요? 파타야 다녀와도 되나요?"

조용히 듣고 있던 안나가 기쁨을 감추지 못했다.

그러라고 했다.

하지만 임 팀장의 표정은 밝지 않았다. 위험은 안심할 시기에, 생각지도 못한 장소에서 나타나기 때문이다.

폰이 제자리로 돌아가는 것을 확인하면 바로 돌아갈 생각을 했었다. 하지만 하루 쉬어 보니 꿈쩍하기 싫었다.

뭔가 미련이 있어서는 아니었다.

그냥 편했다.

'싸바이. 그래 이 나라의 장점이지!'

편안하다는 뜻을 가진 태국어인데, 평생 각박한 도전을 이어 왔던 태식에게 그 단어는 생각만 해도 안정감을 선사했다.

과거의 관성을 버리지 못해 쉬지 않고 달렸지만, 태국에서의 삶은 이전의 시간과는 분명 달랐다.

밥장사도 해 보고 태국인들도 꺼리는 노가다 일도 했었다. 그 또한 생존을 위한 발버둥이었기에 대충한 것도 아니다.

그러다 다시 꼴도 보지 않겠다고 생각한 골프 클럽을 마주하고 새로운 희망에 몸을 떨지 않았던가!

"제 아빠는 어떤 분이셨어요?"

어떻게 알았는지 폰이 따라붙었다.

카오야이에는 이름난 국립공원이 있다. 굉장히 광활한 지역에 넓게 펼쳐진 공원에는 야생 코끼리가 서식할 만큼 울창한 산림이 우거졌으며 풍광도 아름다워 많은 태국인들이 찾는다.

고지대라서 바람도 늘 선선하게 불어 고급 레저 시설이 많기로 유명한 지역이기도 하다.

그 공원이 지천인데도 산을 탄 적은 없다. 하지만 이번 방문에서는 산이 부른다는 느낌을 받으며 간단한 백팩을

꾸려 산으로 향했다.

그런데 조르르 따라붙은 폰이 이제껏 하지 않던, 이태식에 대한 질문을 던졌다.

어떤 대답을 해야 할지 막막했으나 나오는 그대로 말했다.

"지금의 나와 다르지 않아."

"나도 그렇게 생각해요. 아니, 솔직히 말하면 난 오빠가 내 아빠 같아요."

"그래. 아빠가 맞아. 그렇게 생각해."

"……."

참 애매한 표현이었다.

그렇게 생각하라는 사족을 붙였지만, 태주도 그 말은 빼고 싶었고 폰도 그건 개의치 않은 기색이었다.

그렇게 한참을 말없이 산을 올랐다.

뭘 하든 가속을 붙이는 습관 때문에 어느덧 온몸에 땀이 송골송골 맺혔고, 힘들 텐데도 뒤처지지 않고 따라붙는 폰을 보며 잠시 쉬어야겠다는 생각을 했다.

"물 마실래?"

"저도 가져 왔어요. 보리차 끓여서. 어머!"

보리차가 든 텀블러를 가방에서 꺼내던 폰이 놓쳤다.

손에서 미끄러진 것 같은데, 땅에 떨어져야 할 그것이

갑자기 태주에게로 쑥 당겨졌다.

놀란 태주가 잡으려는 시늉만 했을 뿐인데, 마치 매달아 놓은 끈을 확 잡아당긴 것처럼 손아귀에 들어오자 기겁했다.

폰도 놀라기는 마찬가지였다.

⟨8권에서 계속⟩

갑작스레 찾아온 세상의 멸망.

사람을 죽이면 죽일수록 강해지는 약탈자들과 갑자기 나타난 괴물들.
사람이든 사물이든 만져서 고칠 수 있는 능력을 얻은 고물상 주인 이성필.
위험해진 세상을 성필은 주변 사람들과 함께 헤쳐 나간다.

황폐해진 세상을 고쳐 나가는 아포칼립스 판타지!

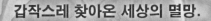

손만 대면
다 고쳐

해우 현대판타지 장편 소설
DONG-A MODERN FANTASY STORY

총에 맞고 죽을 뻔한 국정원 지원요원 최강.
잠시 떨어졌던 사후 세계에서 두 영혼이 딸려 왔다.

마법사 제라로바와 암살자 케라는
최강의 몸에 깃들어 힘을 빌려주기로 하고.

책상물림 지원요원이던 최강은,
두 영혼의 도움으로 최강의 요원으로 재탄생한다!

「불사신 혈랑」박현수의 새로운 현대 첩보 판타지!

빙의로
최강요원

박현수 현대판타지 장편 소설
DONG-A MODERN FANTASY STORY

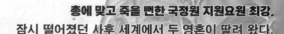